STAFF
VOICE OF EUROPE

Carlo Meier
Die Kaminski-Kids:
Star am Abgrund

www.fontis-verlag.com

Simon

Raffaela („Raffi")

Debora („Debbie")

Zwockel

Nicky

Rado

Rocky

Mirko

Liebe Leserinnen und Leser

Die Kaminski-Kids gäbe es nicht ohne meine drei Kinder **Sidi, Anuschka** und **Saskia** – vielen Dank dafür! Bedanken möchte ich mich auch bei den Testleserinnen **Urszula Wyrzykowska (14), Milena Carrel (11)** und **Livia Matter (10)** sowie bei **Markus Gadient** und **Stephanie Béguelin** für die wertvolle Mithilfe. Und natürlich bei meiner Frau **Andi,** ohne die dieses Buch nie möglich geworden wäre.
Mein Dank geht ebenfalls an **Simon Carrel, Claudia Bucheli** sowie **Manuela Griffel** und **André Widmer** (Kriminalpolizei) für die sachkundige Beratung.
Nicht zuletzt möchte ich mich auch bei meiner Lektorin **Anne Helke** für die gute Zusammenarbeit bedanken.

Viel Spaß wünscht Euch allen

Carlo Meier
fanclub@kaminski-kids.com

Besuche die Kaminski-Kids auf www.kaminski-kids.com! Schau nach, was die Kids über sich selbst erzählen, und fordere die kostenlosen E-Mail-News mit spannenden Infos und Gewinnspielen an – damit verpasst Du nie was, wenn etwas Wichtiges passiert. **Viel Wissenswertes gibt es auf der Webseite auch für Vorträge und Referate** und natürlich über die Bücher, Hörspiele und den Autor.

Carlo Meier

Die Kaminski-Kids: Star am Abgrund

Mit Illustrationen von Matthias Leutwyler

fontis

MIX
Papier | Fördert gute Waldnutzung
FSC® C014138

Bibliografische Information der Deutschen Nationalbibliothek
Die Deutsche Nationalbibliothek verzeichnet diese Publikation in der Deutschen Nationalbibliografie; detaillierte bibliografische Daten sind im Internet über www.dnb.de abrufbar.

Der Fontis-Verlag wird von 2021 bis 2024 vom Schweizer Bundesamt für Kultur unterstützt.

Autor und Verlag danken für die Unterstützung
Stadt und Kanton Zug
Kanton Solothurn
Reformierte Kirche Kanton Zug
Alice und Walter Bossard Stiftung

Alle Illustrationen: Matthias Leutwyler, Luzern
Umschlaggestaltung: René Graf, Fontis-Verlag Basel
Satz: InnoSet AG, Justin Messmer, Basel
Druck: Finidr
Gedruckt in der Tschechischen Republik

ISBN 978-3-03848-264-2

Inhalt

Der Höhepunkt des Abends

1

«Pass auf, hör mir gut zu!»

Mirko zog Simon in eine finstere Nische und starrte ihn an. «Erzähle keinem was von früher. Sonst wirst du sehen, was passiert!»

«Lass mich in Ruhe.» Simon machte sich los. «Ich arbeite hier hinter der Bühne für das Konzert – mit dir hat das überhaupt nichts zu tun.»

«Ich will einfach nicht, dass jemand von meiner Vergangenheit in der Jugendhaft erfährt», versetzte Mirko. «Sonst bin ich den Job hier im Sicherheitsdienst gleich wieder los. Und der ist mir sehr wichtig, verstehst du?»

Simon nickte. «Von mir wird keiner was hören.»

Damit trat er aus der Nische und ging den halbdunklen Flur zwischen Lautsprecher-Türmen und Kabelrollen entlang zur Bühne.

Überall hing der Schriftzug VOICE OF EUROPE. Fernsehkameras richteten sich auf die Stelle, wo gleich der TikTok-Star Nicky für die Hauptprobe auftreten sollte. Alles musste reibungslos klappen, denn morgen würde hier das Halbfinale dieser großen TV-Musikshow stattfinden.

«Komm mal rüber, Simon!», rief ein Mitarbeiter, der wie Simon ein schwarzes T-Shirt mit dem Schriftzug STAFF trug. «Das Schlagzeug muss nach vorne!»

«Alles klar.» Simon hob eine Trommel hoch und trug sie zwischen einem Gewirr von Mikrofonständern und Instrumenten hindurch. «Freust du dich auch auf die Party heute Abend?»

«Sicher, das wird cool. Nickys Feste sind legendär!»

Alle durften dazu Gäste mitbringen – natürlich hatte Simon seine Schwestern Debora und Raffi eingeladen. Er konnte es kaum erwarten, bis die Party steigen würde.

Am Abend kontrollierten Mirko und ein zweiter Security in Uniform draußen am Halleneingang die Party-Gäste.

Die Luft war noch immer drückend heiß. An den trockenen Büschen und Bäumen auf dem Platz vor der Halle bewegte sich kein Blatt. Langsam ging die Sonne unter.

Als Debora und Raffi mit Zwockel in die Konzerthalle wollten, verstellte Mirko ihnen den Weg.

«Euren *Badge.*» Er streckte die flache Hand aus. «Vorzeigen bitte.»

Raffi musterte ihn fragend. «Unser *was?*»

«Gästekarte an einem Halsband», erklärte Mirko. «Hat euch Simon keine gegeben?»

«Nein, er konnte nicht aus der Halle, weil er die ganze

Zeit drinnen anpackt, um sein Taschengeld aufzubessern. Er hat uns per Handy eingeladen.»

«Echt!» Raffi schaute Mirko treuherzig an. «Wir sagen die Wahrheit, wirklich!»

Mirko schmunzelte und betrachtete dann Debora. «Okay, ich glaube euch. Ihr dürft rein.»

«Moment mal!» Der zweite Sicherheits-Mann trat vor die Mädchen. «Ohne *Badge* kommt hier keiner rein. Vorschrift ist Vorschrift.»

Mirko legte Debora die Hand auf die Schulter. «Ich kenne dieses Mädchen. Sie lügt nicht. Ich verbürge mich für sie.»

Debora senkte den Blick. Was Mirko da sagte, berührte sie mehr, als ihr lieb war. Sie hatte schon so viel mit dem Jungen erlebt, Gutes und Schlechtes, sehr Schlechtes sogar. Erinnerungen stiegen in ihr hoch. Erinnerungen an ganz dunkle Momente. Und nach alldem war trotzdem noch immer etwas da, das sie berührte. Etwas Unerklärliches.

Ihre Gedanken wurden unterbrochen, als hinter ihnen laute Rufe ertönten.

Raffi und Debora wandten sich um und sahen eine Gruppe von Leuten auf den Vorplatz marschieren. Sie hielten Spruchbänder hoch und riefen im Chor «Klimakiller, Klimakiller! Mega-Shows sind Klimakiller!»

«Verstärkung zum Eingang!», sprach Mirko in sein Schultermikrofon. «Hier gibt's eine Demo – und wohl bald Zoff!»

Aus der Halle eilten mehrere Sicherheitsleute und traten der Gruppe entgegen. «Ihr habt keine Bewilligung für eine Kundgebung. Verlasst den Platz, sonst holen wir die Polizei!»

Doch die Leute blieben stehen und schrien weiter Sprüche. Einzelne warfen sogar leere Flaschen.

Debora sah Mirko an. «Habt ihr von der Demo gewusst?»

Der Junge schüttelte den Kopf. «Davon nicht. Aber wegen der ohnehin erhöhten Bedrohungslage sind zum Glück viele von uns hier.»

«Erhöhte Bedrohungslage? Warum denn?»

«Es gab Drohungen im Internet», erklärte Mirko. «Diese Mega-Show hier sei eine Stromschleuder und müsse dem Klima zuliebe verhindert werden.»

«Irgendwo haben sie ja recht», meinte Debora. «Klimaschutz ist wirklich extrem wichtig. Man sieht's ja gerade jetzt wieder an dieser unglaublich langen Hitzezeit ohne einen einzigen Tropfen Regen – das ist doch nicht normal.»

Mirko nickte. «In der Sache liegen diese Leute sicher richtig, ganz klar. Doch die Art mit Drohungen und Gewalt ist nicht okay.»

«Das stimmt», pflichtete Debora bei. «Leider gibt es bei jedem guten Anliegen auch immer irgendwelche Typen, die der Sache schaden. Die etwa bei einer friedlichen Demo Schaufensterscheiben einschlagen.»

In diesem Augenblick knallte es auf dem Vorplatz. Jemand hatte einen Feuerwerk-Böller gezündet. Die Demonstrierenden reckten die Fäuste in die Luft und schrien ihre Sprüche nun noch wütender.

In der Ferne näherten sich Polizei-Sirenen.

«Oh-oh.» Raffi musterte die aufgebrachte Menge. «Was passiert denn jetzt?»

«Keine Bange», sagte Mirko. «Die Kollegen bringen das schon unter Kontrolle. Die sind auch für so was ausgebildet.»

Und tatsächlich: Die Gruppe trat nun zögernd den Rückzug an und drehte langsam in Richtung Innenstadt um – wenn auch nicht ganz kampflos. «Wir kommen wieder!», brüllten einige. «Da könnt ihr sicher sein!»

Dann verließen die Letzten widerwillig den Platz.

In diesem Moment kam Simon aus der Halle zu den Mädchen. Er wischte sich Schweiß von der Stirn und streckte ihnen die Gästekarten hin. «Hier, ich bring euch eure Badges.»

«Cool, danke!»

Debora und Raffi legten sich die Halsbänder um.

«Siehst du», grinste Mirko den zweiten Security an,

VOICE OF EUROPE
VoE

doch der deutete nun auf Zwockel. «Der Hund bleibt draußen, so viel steht fest.»

«Ach, komm», beschwichtigte Mirko. «Wir können doch mal eine Ausnahme machen. Die haben ihn an der Leine, und der Hund ist ganz brav.»

«Kommt nicht infrage. Hunde dürfen auf keinen Fall rein, selbst wenn sie die reinsten Lämmer wären.»

«Lämmer würde ich da schon eher nicht reinlassen», murmelte Mirko.

Er sah Debora an und verdrehte die Augen. «Sorry, da kann man nichts machen.»

«Schade ...», seufzte Raffi und bückte sich zu Zwockel hinunter. «Dann gehen wir zwei jetzt halt wieder nach Hause.»

«Hey!», rief jemand hinter ihnen. «Soll ich mit Zwockel eine Runde drehen, bis ihr wieder draußen seid?»

Raffi drehte sich überrascht um. Da stand ihre Klassenkameradin Ella. «Öh, du bist auch hier? Hättest du denn Lust, Zwockel zu hüten?»

«Na klar!», strahlte Ella. «Ich muss eh bis zum Ende der Party auf meinen Bruder warten – ich hab keine Gästekarte. Da wär's super, wenn ich mit Zwockel spazieren gehen könnte.»

Raffi sah ihre Schwester an. «In Ordnung?»

Debora nickte. «Klar, so haben ja beide was davon – Zwockel freut sich bestimmt auch, ein bisschen Auslauf zu bekommen.»

«Okay.» Raffi gab Ella die Leine. «Danke!»

«Sehr gerne.»

Zwockel trottete schwanzwedelnd mit Ella davon.

Raffi schaute ihnen nach.

Dann begann sie verschmitzt zu lächeln. «So – und jetzt auf zur Party! Klasse, Mann!»

Das schwarze Spinnennetz

2

In der Halle standen viele Jugendliche und ein paar Erwachsene an einer langen Bar und unterhielten sich an Stehtischen. Aus den Boxen dröhnten die berühmten Hits von Nicky.

Der Barmann mixte Getränke mit Eis und Limetten und goss sie schwungvoll in Gläser. Elegant hielt er eines mit Papierschirmchen und Strohhalm Debora hin. «Hier, ein Drink für die Dame – viel Geschmack, kein Alkohol!»

«Danke», lächelte sie und nahm einen kleinen Schluck. «Mmm, lecker!»

Simon blickte auf die Uhr. «Der Höhepunkt des Abends steigt schon bald.»

«Was steigt denn dann?», fragte Raffi.

«Nicky kommt live auf die Bühne und verrät, welche Show er morgen im Halbfinale hier zeigen wird. Zwei stehen noch zur Auswahl.»

«Mega spannend!» Deboras Augen leuchteten. «Ich freue mich schon drauf, den Star hautnah zu erleben und Fotos von ihm zu schießen. Meine Freundinnen sind große Nicky-Fans und wollen unbedingt, dass ich ihnen ein Autogramm von ihm mitbringe. Die sind ganz schön neidisch, dass ich heute Abend hier dabei sein darf.»

«Simon!», rief ein Mitarbeiter im STAFF-Shirt. «Komm mal, ich brauch dich kurz *backstage!*»

Simon ging los, und Raffi sah Debora fragend an. «Er braucht ihn kurz *was?*»

«Hinter der Bühne», schmunzelte Debora. «Im Musikgeschäft ist wohl jedes zweite Wort englisch.»

Sie leerte schnell ihren Drink, und dann folgten die Mädchen Simon einen halbdunklen Gang entlang. Während ihr Bruder in den hinteren Teil der Halle weitereilte, musterten Debora und Raffi erstaunt, was für ein Aufwand für so ein Konzert getrieben wurde.

Was es hier alles gab! Riesige Ventilatoren rauschten auf Hochtouren, um die Hitze der zahllosen technischen Geräte und Scheinwerfer abzukühlen.

In Schränken hingen Gitarren mit sauber aufgereihten Saiten-Schachteln für elektrische, akustische und Bass-Gitarren. Auf einem Rollgestell lagen Samttücher. Darauf: zehn Mikrofone nebeneinander in Reih und Glied.

Im Halbdunkel musste man aufpassen, um nicht über Kabelstränge am Boden zu stolpern. Überall waren mit Klebeband Strom-, Instrumenten- und Mikrofonkabel befestigt.

Plötzlich blieb Debora wie angewurzelt stehen. Sie zeigte aufgeregt in einen Seitenraum. «Da drin!», flüsterte sie. «Da ist er!»

«Wer?» Raffi starrte aus großen Augen durch die Tür, die ein wenig offenstand.

«Nicky!», wisperte Debora mit angehaltenem Atem. «Das ist seine Künstlergarderobe – da drin ist Nicky!»

Aus Nickys Garderobe drangen mehrere Stimmen. Ein heiseres Mädchen sprach mit einer Frau mittleren Alters. Nicky selbst saß schweigend in seinem Sessel vor dem Schminktisch und betrachtete sein Spiegelbild.

Debora und Raffi starrten vom halbdunklen Gang aus den Star an.

«Und jetzt raus hier, Rocky!», befahl drinnen die Frau. «Ich bin Nickys Managerin und damit für ihn verantwortlich. Wir müssen vor seiner Live-Schaltung im Fernsehen dringend noch was besprechen.»

«Und ich bin seine Schwester», erwiderte das Mädchen. «Und ich war schon für ihn verantwortlich, lange bevor du dich in seine Karriere eingemischt hast!»

«Wir haben jetzt wirklich Dringendes zu tun, Rocky!» Die Managerin schob das Mädchen in den Gang hinaus.

Rocky wollte sich wehren, doch sie hatte zu wenig Kraft dazu.

Murrend warf sie ihr Haar zurück und trottete den Gang entlang nach vorne zur Bar.

Raffi und Debora verzogen sich ein wenig in den Hintergrund und spähten weiter in die Garderobe.

«Nicky», begann drinnen die Managerin. «Eben hat noch Music-TV angerufen. Sie wollen ein Interview mit dir, in einer Stunde.»

«Noch ein Interview!», stöhnte der Sänger. «Muss das sein?»

«Natürlich! Glaubst du etwa, wir hätten ohne Fernsehen und TikTok auch nur den Hauch deines Erfolgs?»

Nicky seufzte. «Okay, dann halt ... Aber jetzt lass mich bitte kurz allein.»

«Wir müssen noch besprechen, welche Show du morgen ...»

«Was gibt's denn da zu besprechen, du hast das doch eh längst entschieden.» Der hübsche Junge sah sie an. «Sag's mir nachher. Gib mir jetzt einen Moment für mich.»

«Die Live-Schalte beginnt in zwanzig Minuten!»

«Ja, alles klar.»

«Na, dann ...» Widerstrebend verließ die Frau den Raum.

Im Flur ging sie ebenfalls nach vorne in Richtung Bar.

Drinnen beugte sich Nicky zum Spiegel vor. Er legte den Finger an der Stelle aufs Glas, wo sich sein Gesicht spiegelte, und blickte sich in die Augen. «Wer bist du?», murmelte er. «Wer bist du eigentlich?»

Raffi schmolz fast. «Ooo, er ist sooo süß!»

Nicky stand von seinem Garderobensessel auf und begann sich mit dem Handy zu filmen. Mit einem Mal war er wie verwandelt.

«Yo, yo, meine lieben TikTok-Fans», strahlte er mit seinen leuchtend blauen Augen in die Handykamera. «Die Party heute Abend ist ein Riesenhit! Wir sind alle super drauf – und wisst ihr was? Ich werde in wenigen Minuten verraten, welche Show ich morgen im Halbfinale bringe! Und ihr könnt hier auf TikTok und im Fernsehen live dabei sein – und für mich voten! Ich zähl auf euch!»

Ein junger Kellner kam mit einem Tablett voller Gläser den Flur entlang und trat in die Garderobe. Drinnen hob er ein schlankes Glas vom Tablett und hielt es Nicky schwungvoll hin. «Bitteschön, ein Glas Champagner für den berühmten Herrn!»

Nicky ließ sein Handy sinken. Genervt schaute er das Glas an. «Ich trinke keinen Alkohol, das sollten langsam alle wissen.»

«Oh, das tut mir leid», entschuldigte sich der Kellner. «Ich bin nur eine Aushilfskraft im *Staff* heute Abend, deshalb wusste ich das nicht.»

Rasch entfernte er sich.

Nicky griff sich ein Glas Cola vom Schminkbord hinter ihm und trank ein paar Schlucke daraus.

Dann machte er vor dem Spiegel seine Frisur zurecht. Das dauerte eine ganze Weile. Als er mit der Haartolle endlich zufrieden war, hob er sein Handy wieder vors Gesicht.

«Yo, Leute», strahlte er. «Ihr seid meine Freunde und

habt deshalb ein Anrecht darauf, besonders behandelt zu werden. Noch vor meiner Live-Schaltung an der Party werde ich euch jetzt ein Geheimnis verraten!»

Im Gang kam der Kellner mit einem Glas Cola zurück. Er blieb stehen, als er Nicky drinnen sagen hörte: «Das Geheimnis dreht sich darum, welche Show ich morgen bringen werde!»

Leise trat der Kellner zur Tür und horchte angespannt. Debora und Raffi zogen sich ein bisschen weiter zurück, um bestimmt nicht entdeckt zu werden.

In der Garderobe wischte sich Nicky mit einer coolen Handbewegung seine blonde Tolle aus der Stirn und lächelte ins Handy. «Das Geheimnis ist – ob ihr's glaubt oder nicht: Ich weiß es selbst noch nicht, was ich morgen bringe! Aber eins kann ich euch versprechen ... die Show wird euch umhauen! Ihr könnt euch jetzt schon darauf freuen! Seid dabei und votet für mich!»

Im Gang verzog der Kellner enttäuscht den Mund. Dann seufzte er und brachte die Cola in die Garderobe hinein. Nicky nahm sie und stellte das Glas auf dem Schminkbord neben das andere, das er nun noch ganz austrank.

Als der Kellner im Gang davoneilte, fiel Debora und Raffi ein Tattoo an seinem Nacken auf. Es sah aus wie ein schwarzes Spinnennetz.

Nicky seufzte in der Garderobe auf. «Krieg ich jetzt vielleicht endlich einen Moment für mich, Mann?»

Er kam zur Tür und knallte sie mit voller Wucht zu.

«Ich fall in Ohnmacht!»

3

Debora und Raffi schauten sich im halbdunklen Gang an.

Als lautes Gelächter von der Bar her zu ihnen drang, gingen sie zurück nach vorne. Dort standen einige Mädchen um Nickys Schwester Rocky herum. Debora und Raffi stellten sich zwischen sie und ein paar Jungs an die Theke.

Von der Bühne drangen laute Anweisungen herüber. Einige Tänzerinnen probten für den Auftritt im Halbfinale, und Leute vom Fernsehen riefen ihnen zu, wo sie für die Kameras stehen mussten.

«Cool, wenn man so tanzen kann», meinte ein Mädchen an der Bar.

«Das sieht aber nur gut aus, wenn man so schlank ist wie die.»

«Man braucht eh so 'ne Figur, sonst sieht dich sowieso keiner an. Dann kriegt man nie einen ab. Meinst du vielleicht, die Jungs wollen Pummelchen?»

«Pummelchen mit Speckröllchen», sagte Rocky mit ihrer heiseren Stimme und griff sich an die Hüfte. Unter ihrem bauchfreien Top zeichneten sich ihre Rippen und Beckenknochen ab.

«Du und Speckröllchen!», stieß ein Mädchen hervor. «Du bist ja hyperschlank!»

«Das nennst du hyperschlank?» Rocky beugte sich vor und kniff sich durch den Jeansstoff in den Oberschenkel. «Ich passe ja kaum in die Hose – ich seh aus wie ein Nilpferd!»

«Öh?» Raffi schaute Debora stirnrunzelnd an. «Die ist doch mega schlank!»

Debora nickte. «Find ich auch …»

Die Jungs nebenan linsten zu Rocky hinüber und steckten die Köpfe zusammen.

Debora und Raffi traten ein wenig näher zu ihnen, um mitzubekommen, was sie tuschelten.

«Bei der hörst du ja die Knochen klappern», meinte einer gerade.

«Stimmt, also wenn ihr mich fragt, darf bei einem Mädchen schon was dran sein!»

«Ich find's auch besser, wenn eine nicht gleich beim ersten Windhauch umfällt. Da kommt ein Lüftchen und …» Der Junge blies aus und kippte zur Seite.

Die anderen lachten.

Nur einer lachte nicht. «Meine Schwester ist ganz dünn und versucht vergeblich, zuzunehmen», sagte er. «Sie schafft es einfach nicht, obwohl sie viel isst. Für Mädchen wie sie sind solche Sprüche voll unfair, von wegen klappernde Knochen und so.»

«Klar, das ist natürlich was anderes», pflichteten die Jungs bei. «Wenn ein Mädchen nicht absichtlich so dünn sein will wie all diese hungernden Models, ist es auch so voll okay.»

Da waren sich alle einig.

«Und überhaupt», fügte einer hinzu, «viel wichtiger als dünn oder dick ist doch, dass sie witzig ist, was für eine Ausstrahlung sie hat, ihr Lächeln, ihre Augen ...»

«Genau.» Schon wieder waren sich alle einig.

«Seid ihr eigentlich für Nicky oder für Rado?», fragte einer plötzlich.

«Nicky natürlich!»

Sie begannen, Nickys neusten Hit zu singen, und alle stimmten ein.

Auf der anderen Seite trat nun der Kellner zu Rocky. «Darf's noch was sein, junge Dame?»

«Zu trinken nicht, aber es wäre cool, wenn du ein Foto von uns machst.»

«Au ja!», riefen die anderen. «Ein Pic von uns allen für Insta!»

«Kein Problem.» Der junge Kellner stellte das Tablett auf die Bartheke und nahm eines der Handys, die ihm entgegengestreckt wurden.

Die Mädchen drängten sich zusammen, warfen sich in Pose und schüttelten ihre Haare.

«So!», rief eine. «Und jetzt alle: Schmollmund!»

Der Kellner klickte mehrmals.

Die Jungs schauten zu und verdrehten die Augen.

Der Reihe nach knipste der Kellner die Mädchen mit all ihren Handys. «Jetzt seid ihr bereit für die Show», schmunzelte er und wandte sich an Rocky. «Von wegen Show – weißt du schon, welche Fassung Nicky morgen abliefern wird?»

Rocky nahm ihren bunten Drink von der Theke, sog am Strohhalm und stellte das Glas wieder hin. «Keine Ahnung, ich bin selbst gespannt. Das werden wir in Nickys Live-Schaltung erfahren. Die startet ja schon bald, du musst dich also nicht mehr lange gedulden. In wenigen Minuten wird Nicky auf die Bühne kommen.»

Die Mädchen um sie herum blickten sich an. «O mein Gott! Ich kann's kaum erwarten, ihn zu sehen!»

«Ich bin ja so aufgeregt! Ich glaub, ich dreh durch!»

«Wenn Nicky kommt, fall ich in Ohnmacht, ich schwör's! Er ist sooo süß!»

«Hoffentlich können wir ein Selfie mit ihm machen! Wisst ihr, wie eifersüchtig meine Freundinnen sein werden!»

«Dieses Foto kriegt sicher tausend Likes!»

«Vielleicht redet Nicky sogar mit uns.»

«Was? O! Mein! Gott! Ich würde kein einziges Wort rauskriegen!»

Ein Mädchen bückte sich und hob ein selbstbemaltes Pappschild hoch. Darauf stand in roter Farbe mitten in einem roten Riesenherz: NICKY I LOVE YOU!

Der Kellner mit dem Spinnennetz am Nacken wandte sich von der Bar ab und sah sich nach allen Seiten um. Dann verschwand er unauffällig in einem Seitengang.

Debora runzelte die Stirn. «Der müsste doch weiter Drinks servieren ... Wo geht der denn hin?»

«Wollen wir mal nachsehen?», fragte Raffi.

Debora nickte, und die beiden Mädchen folgten dem Kellner in sicherem Abstand.

Der junge Mann schlüpfte zwischen haushohen Vorhängen hindurch. Rasch huschten die Mädchen hin und spähten durch den Spalt der schweren Stoffe.

Dahinter überquerte der Kellner zielstrebig die Bühne. Auf dem Boden waren mit Klebeband in verschiedenen Farben die Stellen markiert, wo Nicky und die Tänzerinnen bei ihrem Auftritt im Halbfinale stehen mussten.

Der Kellner trat zu einem großen Mischpult und schaute sich vorsichtig um. Dann holte er sein Handy heraus und knipste Fotos von den Einstellungen der Regler: Bass, Höhen, Halleffekte, Lautstärke.

Im hochgeklappten Deckel des Mischpults klebten Abziehbilder von berühmten Bands wie den Rolling Stones, den Fantastischen Vier und vielen mehr.

Der Kellner fotografierte nun auch die Einstellungen der Lichtanlage nebenan.

Debora beugte sich zu Raffis Ohr und flüsterte: «Vielleicht spioniert der Typ hier Stromsachen aus für die Aktivisten, die im Internet gedroht haben!»

«Oh-oh», murmelte Raffi besorgt.

Plötzlich näherten sich zwei Frauen der Bühne.

Der Kellner verzog sich hastig hinter ein paar riesigen Lautsprecherboxen.

Die Frauen gingen zum Mischpult, starteten einen Computer und sahen sich Aufnahmen der Probe vom Nachmittag an.

Während die beiden Gestalterinnen überprüften, was an der Show noch verbessert werden konnte, schlich sich der Kellner wieder näher und versuchte auf dem Computer-Bildschirm zu erkennen, welche Show-Fassung da geprobt wurde.

Plötzlich zuckte er zusammen und huschte zurück hinter die Boxen. Er holte sein Handy hervor, flüsterte etwas hinein und verschwand dann im Dunkeln.

Raffi schaute Debora fragend an.

«Klarer Fall», murmelte Debora. «Ihm nach!»

Ein Spion in der Halle

4

Vorsichtig folgten Debora und Raffi dem Kellner einen dunklen Gang entlang.

Dabei kamen sie an einem offenen Schrank mit Berufskleidern und Leuchtwesten vorbei.

In einem Gestell daneben standen Dutzende von Kanistern mit flüssigen Chemikalien für die Nebelmaschinen auf der Bühne.

Etwas weiter vorne im Flur zog plötzlich ein Arm den jungen Kellner in eine Nische hinein.

Debora und Raffi schlichen mit angehaltenem Atem näher.

Zwischen zwei Kabelrollen-Türmen konnten sie durch einen Schlitz zum Kellner hinübersehen.

Er sprach leise mit einem gut aussehenden jungen Mann mit braunen Haaren.

Debora kniff Raffi in den Arm. «Das ist Rado», flüsterte sie aufgeregt. «Er kämpft morgen im Halbfinale gegen Nicky darum, wer von ihnen beiden ins Finale von *Voice of Europe* kommt!»

Raffi starrte aus großen Augen zu den beiden hinüber.

«Und?», tuschelte Rado drüben. «Wie sieht's aus, Bono? Welche Show bringt Nicky morgen?»

«Ich konnte es noch nicht rausfinden», antwortete Bono leise. «Aber ich habe Fotos von den Mischpult-Einstellungen gemacht – daraus kann ich dir ausrechnen, was die spielen werden.»

«Das dauert zu lange.» Rado sah sich unruhig um. «Ich muss es jetzt wissen! Du weißt ja, dass ich nicht nur gut singen muss – die Show ist ebenso wichtig, und ich will mich so früh wie möglich darauf vorbereiten, wie ich Nicky übertreffen kann!»

«Bleib cool», wiegelte Bono ab. «Nicky wird es gleich verkünden bei seiner Live-Schalte, die beginnt in ein paar Minuten.»

«Gut, dann führ mich an einen Ort, wo ich das verfolgen kann. Aber pass auf, ich darf auf keinen Fall entdeckt werden – ich hab keine Gästekarte für die Party.»

«Na klar, komm!» Bono schlich mit Rado durch den finsteren Gang davon.

Raffi starrte Debora an. «Das müssen wir Simon sagen!»

«Genau», flüsterte Debora. «Und ich will eh Nickys Auftritt selbst mitbekommen!»

Im Partyraum herrschte große Aufregung – eigentlich müsste Nickys Live-Schaltung beginnen, doch er ließ sich nirgends blicken.

Anstelle des Sängers kam nun seine Managerin auf die Bühne. Als sie ans Mikrofon trat, verbreitete sich Stille im Raum.

«Es gibt eine kleine Verzögerung», erklärte sie lächelnd. «Aber ihr wisst ja – echte Stars kommen immer zu spät.»

Die Leute schmunzelten und lachten.

«Was ist denn los?», rief Rocky heiser.

«Alles gut», antwortete die Managerin. «Nicky wird in zehn Minuten so weit sein.»

«Da stimmt was nicht», murmelte Rocky und stapfte nach hinten zur Künstlergarderobe.

Die Managerin eilte ihr nach. «Lass ihn in Ruhe! Er fühlt sich bloß nicht wohl.»

Debora und Raffi schauten sich erstaunt an. «Er fühlt sich nicht wohl? Eben ging es Nicky doch noch blendend, als er seine TikTok-Fans angestrahlt hat.»

Raffi nickte. «Seltsam ...»

Da entdeckten sie Simon in der Nähe. Rasch gingen sie zu ihm und erzählten ihm von Rado, der sich irgendwo versteckte und Nickys Auftritt belauschen wollte.

«Was?!» Entschlossen eilte Simon hinter die Bühne. «Das geht natürlich gar nicht!»

Als Simon in einen dunklen Gang einbog, sah er ein Stück vor sich Mirko. Bevor er ihn einholen konnte, zog Mirko bereits Rado aus einem Versteck heraus.

«Darf ich mal deine Gästekarte sehen?»

«Ich habe keine», sagte Rado. «Aber ...»

«Dann hast du hier nichts zu suchen.»

«Immer mit der Ruhe!»

Mirko nickte und fasste den Star am Arm. «Ich begleite dich jetzt aus der Halle. Komm, Radoslav.»

Simon runzelte die Stirn. Kannte Mirko den Sänger? Die beiden begannen nun in ihrer Landessprache zu reden, sie lachten sogar einige Male.

Simon folgte ihnen leise.

Mirko führte Rado zum Hinterausgang.

Dort hielt Rado an. «Komm schon, Bro, kann ich nicht doch kurz bleiben? Nur bis zur Live-Schalte, dann bin ich weg, versprochen.»

«Das geht leider nicht.» Mirko öffnete die Tür. «Wir müssen durch die erhöhte Sicherheitsstufe wegen der Internet-Drohungen die Regeln knallhart durchziehen, tut mir leid.»

Er trat mit Rado hinaus in die warme Nacht und begleitete den Sänger um die Halle herum zu dem großen, dunklen Parkplatz dahinter.

Vorsichtig folgte Simon den beiden und blieb in sicherem Abstand an ihnen dran.

Auf dem Parkplatz stand Rados Tourbus zwischen Sattelschleppern und TV-Übertragungswagen mit Satellitenschüsseln auf dem Dach.

Die Längsseite von Rados Wohn- und Reisebus war mit Rados Gesicht besprayt und trug die Aufschrift RADO FOR EUROPE.

Die zwei Jungs blieben vor dem Tourbus stehen.

An der Hallenwand blieb Simon im Dunkeln und horchte, was die beiden sprachen.

«Hör mal, Mirko», sagte Rado. «Hättest du Lust, bei mir die Security zu übernehmen? Wenn ich morgen das Halbfinale gewinne, komme ich ins große Finale. Und wenn ich das gewinne, bin ich die *Voice of Europe* und brauche einen persönlichen Leibwächter. Dann reisen wir zusammen auf der Tournee durch ganz Europa. Na, was hältst du davon, Bro?»

«Klingt gut», meinte Mirko. «Aber mir gefällt der Job hier in der Sicherheitsfirma super. Den will ich unbedingt behalten.»

«Lass es dir durch den Kopf gehen, Bro», schlug Rado vor. «Vielleicht kennst du Bono, der heute an der Party kellnert. Er ist mein persönlicher Tonmischer seit dem ersten Tag meiner Karriere. Ich halte zu meinen Leuten durch dick und dünn. Das wär auch bei dir so. Wenn du mal dabei bist, bist du dabei … Hör mal …»

Er beugte sich vor und tuschelte Mirko etwas zu. Mirko antwortete in seiner Landessprache, die Simon leider nicht verstehen konnte.

Er fragte sich, was die beiden da wohl ausheckten …

Der Zusammenbruch

5

In der Halle standen Debora und Raffi in der Nähe der Künstlergarderobe, um herauszufinden, warum Nicky die Live-Schaltung verschoben hatte.

Drinnen stritten sich Rocky und die Managerin. Nicky saß blass in seinem Sessel am Spiegel.

«Du siehst doch, dass es ihm nicht gut geht», sagte Rocky mit ihrer heiseren Stimme. «Er würde besser die Schalte sausen lassen und sich schonen für den wichtigen Auftritt morgen.»

«Vergiss es!» Die Managerin schüttelte den Kopf. «Seine Fans wollen einen Star, keinen Versager. Soll er halt was schlucken, damit er fit wird. Nach der Schalte und dem Interview mit Music-TV kann er meinetwegen gleich schlafen gehen.»

«Mit dem ganzen Druck machst du meinen Bruder noch kaputt!»

«Es geht doch nicht um mich», entgegnete die Frau. «Er darf seine Fans nicht enttäuschen, verstehst du? Seine Ansprache muss heute Abend raus, damit die Leute mitfiebern können.»

Nicky räusperte sich. «Ich hab vorhin schon was auf TikTok gepostet ... Aber jetzt ... Ich fühl mich wirklich überhaupt nicht gut.»

«Okay, dann mach den Live-Auftritt einfach ganz kurz», schlug die Managerin vor. «Das Fernsehen hat das Programm vorhin extra umgestellt, weil's dir nicht gut ging. Jetzt können wir wirklich nicht mehr passen. Zehn Minuten, und dann sind wir raus, okay?»

Nicky schaute sie bleich an. «Meinst du, ich schaffe das?»

«Du schaffst das!», sagte die Managerin. «Und das Music-TV-Interview verschieben wir auf morgen.»

«Okay.» Nicky rappelte sich mühsam aus seinem Sessel auf und schleppte sich zur Tür. Dort blieb er stehen. Schwankend lehnte er sich gegen die Wand.

Die Managerin legte ihm die Hand auf den Rücken. «Das Musikgeschäft ist eben wirklich hart», sagte sie. «Erfolg und Niederlage liegen nah beieinander – entweder man schafft es, oder man ist raus. Und du bist ein geborener Star.»

Sie klopfte ihm aufmunternd auf die Schulter. «Und jetzt raus mit dir! Zeig ihnen den Star. Danach kannst du dich ausruhen.»

Nicky gab sich einen Ruck und trat hinaus. Mit unsicheren Schritten ging er den Gang entlang nach vorne. Unterwegs strafften sich seine Schultern. Ein Lächeln knipste sich in seinem Gesicht an.

Raffi und Debora folgten ihm hinter Rocky und der Managerin. Die Frau sprach aufgeregt in ihr Handy. «Jetzt live! Ihr könnt die Schalte anmachen! Jetzt!»

Als Nicky die Bühne betrat, brandete Applaus auf. Er hob lässig die Hand und streckte zwei Finger zum Victory-Siegeszeichen in die Luft.

Die Scheinwerfer richteten sich auf ihn, die Kameras folgten seinen Bewegungen.

Jetzt war Nicky endgültig wie verwandelt.

Er strahlte wie ein Superstar.

«Yo, Leute, ihr seid voll cool!», rief er ins Mikrofon.

Die Menge jubelte ihm zu, viele Mädchen kreischten.

«Sorry für die kleine Verspätung», lächelte Nicky. «Aber es ist mir wirklich wichtig, euch zu sagen, dass ich euch liebe!»

Nun kreischten noch mehr Mädchen.

«Und wegen der Show morgen – es ist mir eine große Ehre, euch zu verkünden ...» Nicky griff sich an den Bauch. «Ich ...» Schweißperlen traten auf seine Stirn.

Das Kreischen im Raum versiegte.

Viele fragten sich wohl, was los war.

Stille verbreitete sich in der Halle. Nur das Rauschen der großen Ventilatoren und das elektrische Surren der Lautsprechertürme waren noch zu hören.

Nicky klammerte sich am Mikrofonständer fest. «Ich ... ich ...»

Weiter kam er nicht.

Er krümmte sich zusammen und sank in die Knie.

Die Leute schlugen sich die Hände vor den Mund, ein geschockter Aufschrei ging durch den Saal.

Rocky eilte auf die Bühne und bückte sich zu Nicky. «Schaffst du es, aufzustehen?»

«Ich weiß nicht», presste er heraus. «Ich kann's versuchen.»

Das Mädchen griff ihrem Bruder unter die Arme und half ihm hoch. Dann stützte sie ihn auf dem Weg nach hinten.

Vorne trat die Managerin im Scheinwerferlicht ans Mikrofon und lächelte in die Kameras. «Nicky ist ein Star der Überraschungen – genau, wie wir ihn kennen. Und das ist auch genau das, was wir alle an ihm so lieben!»

Das Publikum klatschte zustimmend.

«Und Nicky wäre nicht Nicky», fuhr die Managerin fort, «hätte er sich für heute Abend nicht etwas ganz Besonderes ausgedacht, um die Spannung noch bis morgen aufrechtzuerhalten und seine Fans trotzdem nicht zu enttäuschen. Denn so könnt ihr euch alle noch viel mehr auf die Show freuen. Dann wird nämlich das große Rätsel live gelöst, welche Fassung Nicky im Halbfinale bringen wird – und ihr könnt hautnah dabei sein! Freut euch, und votet für Nicky!»

Sie schaute ins Publikum und hob die Faust: «Vote for Nicky!»

Viele Leute streckten die Faust ebenfalls hoch und riefen: «Vote for Nicky! Vote for Nicky!»

Immer mehr stimmten in den Sprechchor mit ein. Die Kameras schwenkten über die singende Menge, die schönsten Bilder von Nickys bisherigen Auftritten wurden eingeblendet, und die Live-Schaltung wurde zu einem Riesenerfolg. Zu Hause vor den Bildschirmen schlugen unzählige Herzen höher, alle fieberten Nickys großem Auftritt entgegen. Und eins war klar: Morgen würden sie für ihren Herzensstar abstimmen – und Nicky würde gewinnen.

Die drei Kaminski-Kids folgten Nicky und Rocky in einigem Abstand hinter die Bühne.

Noch bevor der Sänger die Künstlergarderobe erreichte, blieb er stehen und verzog das Gesicht vor Schmerzen. Dann stürzte er ins WC und erbrach sich.

Totenbleich kam er wieder heraus. «Mir ist speiübel ...» Kraftlos ließ er sich der Wand entlang auf den Fußboden sinken.

Rocky wischte ihm mit einem Taschentuch den Schweiß von der Stirn. «Möchtest du in die Garderobe?»

Nicky nickte schwach. Doch als Rocky ihm aufhalf,

krümmte er sich zusammen und schaffte es grade noch mal ins WC, um sich erneut zu übergeben.

«Oh je», murmelte die Managerin und wandte sich an Mirko von der Security. «Schick die Leute da vorne weg, schnell! Niemand soll Nicky so sehen.»

Mirko kam in seiner Uniform den Gang entlang. Als er Debora sah, ging er an den drei Kids vorbei, als hätte er sie nicht bemerkt, und steuerte auf weitere Partygäste zu. «Bitte alle zurücktreten!»

Einige blieben stehen und versuchten an ihm vorbeizuschauen, was hinten im Gang vorging.

Mirko breitete die Arme aus und schob die Leute mit sanftem Druck nach vorne. «Bitte verlasst diesen Bereich, das ist die Privat-Zone der Künstler.»

Widerstrebend gaben die Gäste nun nach.

«Feiert weiter!», rief die Managerin ihnen hinterher. «Bedient euch an der Bar, alle Getränke sind frei!»

Die Kids sahen, wie Nicky sich im Flur auf den Boden legte und zusammenrollte. «Ich hab solches Bauchweh», wimmerte er.

Die Managerin nahm ihr Handy hervor. «Hallo?», sagte sie. «Wir brauchen hier einen Notarzt. In die Stadthalle. Schnell!»

Vergiftet

6

Beim Halleneingang fuhr ein Krankenwagen mit heulender Sirene vor.

Er schaltete das Signalhorn aus, und eine unheimliche Stille verbreitete sich auf dem nächtlichen Platz. Das Blaulicht blieb an – gespenstisch kreiste es über die Hallenwände und den gepflasterten Boden.

Die drei Kids und viele Partygäste verfolgten mit einem mulmigen Gefühl, wie zwei Sanitäter mit einer Bahre in die Halle eilten und Nicky darauf heraustrugen.

Vorsichtig luden sie den Sänger in den Wagen.

Rocky stieg neben ihm ein.

Die Türen wurden geschlossen, und die Ambulanz fuhr davon.

Eine betroffene Menschenmenge blieb zurück.

Die Managerin wandte sich an Mirko. «Sorg bitte dafür, dass niemand was über den Rettungswagen im Internet postet. Nicky wäre das bestimmt nicht recht, in so einem Moment gezeigt zu werden ... Und schlechte Publicity können wir jetzt auf keinen Fall brauchen vor diesem wichtigen Auftritt!»

Mirko ließ den Blick über die Leute vor der Halle schweifen. «Wie soll ich denn denen verbieten, was hochzuladen? Soll ich etwa ihre Handys einziehen? Und außerdem – glauben Sie wirklich, dass Nicky morgen auftreten kann? So, wie der vorhin aussah ...»

«Hoffen wir's», sagte die Managerin. «Vielleicht kriegen die Ärzte das hin. Es wäre nicht das erste Mal, dass ein Star sich nur mit Medikamenten auf der Bühne aufrecht halten kann.»

Mirko hob die Schultern. «Na, dann ...» Zögernd ging er auf die Partygäste zu. «Wir bitten euch alle, keine Fotos oder Nachrichten von hier zu posten, um Nickys Chancen nicht zu gefährden, falls er morgen auftreten kann. Wenn ihr Nicky mögt, dann tut ihr das für ihn.»

Einige Jungs und Mädchen schauten sich verlegen an. Sie hatten bereits Videos vom Rettungswagen auf TikTok, YouTube, Instagram und andere Plattformen hochgeladen.

Die Nachricht von Nickys Zusammenbruch verbreitete sich in Windeseile im Internet und wurde bereits aufgeregt kommentiert.

Drinnen an der Bar kam keine Partystimmung mehr auf. Alle sprachen darüber, was geschehen war.

«Für seine TikTok-Fans war Nicky noch voll gut drauf», stellte Debora fest. «Und schon wenige Minuten später war ihm sterbensschlecht.»

Simon nickte. «Das ist wirklich seltsam.»

Raffi schaute auf. «Nicky ist doch nicht etwa vergiftet worden, oder?»

«Hmm ...» Debora blickte sie nachdenklich an. «Wir haben gesehen, wie ihm der Kellner ein Getränk brachte, und als Nicky es ablehnte, hat er ihm gleich noch eins gebracht – eine Cola in einem Glas.»

«Vielleicht hat der Kellner da Gift reingetan!»

«Oder die Managerin hat ihm was gegeben», meinte Debora. «Damit er wieder fit wird, aber vielleicht hat sie was Falsches erwischt.»

«Dafür ist ihr der Star viel zu viel wert», wandte Simon ein. «Wenn sie ihm was geben würde, dann bestimmt nichts Falsches. Ganz besonders vor einem so wichtigen Auftritt ... Aber dieser Kellner scheint mir wirklich sehr verdächtig zu sein. Wo ist der Typ jetzt?»

Die Kids schauten sich um. Da waren viele kleine Gruppen von Mädchen und Jungs und einige Erwachsene, die sich leise unterhielten.

Aber von dem Kellner war weit und breit keine Spur zu entdecken.

«Wie sah er aus?», wollte Simon wissen.

«Er hatte eine Tätowierung am Nacken», antwortete Raffi. «Mit einem schwarzen Spinnennetz.»

«Okay, sehen wir uns mal hinter der Bühne um», schlug Simon vor. «Teilen wir uns auf.» Er hob sein Handy hoch, während er loseilte. «Wer ihn zuerst findet, ruft an. Aber sprecht ihn nicht an. Wartet, bis ich da bin!»

«Alles klar!»

Debora und Raffi gingen in den Flur mit den Garderoben und sahen sich um.

Dort kamen sie an zwei Mädchen vorbei.

«Stell dir nur vor», schniefte eines gerade, «wenn Nicky was ganz Schlimmes hat – oder sogar stirbt!»

Tröstend legte das andere Mädchen ihrer Freundin den Arm um die Schulter.

Raffi und Debora gelangten am Ende des halbdunklen Flurs zum Ausgang. Sie öffneten die Tür und schauten sich draußen um.

In der warmen Nacht war nichts von dem Kellner zu entdecken. Dafür sahen sie Ella mit Zwockel kommen.

Sie rannten hin und knuddelten den freudig bellenden Hund. «Ella, super, dass du hier bist! Wir können Zwockel drinnen gut gebrauchen.»

Ella blickte sie überrascht an. «Darf er denn jetzt rein?»

«Wir versuchen's», sagte Debora. «Danke, dass du ihn gehütet hast!»

«Gerne, hat Spaß gemacht!»

«Tschüss, Ella!» Raffi winkte ihr zu und tätschelte dann den Hund, während sie zum Halleneingang gingen.

Neben der telefonierenden Managerin trat ihnen der Security-Mann in den Weg. «Ihr schon wieder», brummte er. «Ihr wisst doch, dass ihr mit dem Hund nicht reindürft.»

«Jetzt könnte er aber hilfreich sein!», entgegnete Debora laut. «Vielleicht erschnüffelt er irgendwas Wichtiges oder findet eine Spur, die Menschen nicht finden können.»

Der Mann seufzte genervt und warf der Managerin einen fragenden Blick zu.

Sie deckte mit einer Hand das Sprechteil ihres Telefons ab. «Moment, ich habe grade New York dran.» Dann redete sie weiter ins Handy. «Ich weiß ... wenn er ins Finale kommen und die *Voice of Europe* werden könnte ... Die ganzen Songverkäufe des Siegertitels, die Tournee vor ausverkauften Hallen in ganz Europa, und danach rüber zu euch in die USA ... Und das alles soll jetzt den Bach runtergehen?»

Zwockel schnupperte neugierig an einem Stiefel des Sicherheitsmannes. Der zog den Fuß weg und trat einen Schritt zurück.

«Alles klar, ich halte dich auf dem Laufenden.» Die Managerin steckte erschöpft ihr Handy ein und sah Zwockel an. «Meinetwegen darf er rein unter diesen besonderen Umständen. Das ist jetzt wirklich meine geringste Sorge.»

Sie zündete sich eine Zigarette an. «Im Krankenhaus haben sie gesagt, Nicky gehe es noch schlechter. Mehr wollen sie mir nicht sagen, weil ich keine Verwandte bin.

Gibt's denn so was?! Ich muss doch wissen, wie's weitergeht!»

Debora und Raffi traten mit Zwockel in die Halle hinein und zogen die Türe schnell zu, bevor die Frau es sich noch mal anders überlegte.

In diesem Moment nahm Zwockel eine Spur auf …

Wer war's?

7

Im halbdunklen Flur schnüffelte Zwockel aufgeregt am Boden entlang.

Er führte Debora und Raffi in einen Seitengang und hielt dort vor einem großen metallenen Kasten an.

Unter einem Bild mit Totenkopf und Blitz stand: ACHTUNG STARKSTROM! – LEBENSGEFAHR!

Zwockel schnupperte an dem Kasten.

Dann zog er zurück nach vorne in den Hauptflur.

Dort sahen Debora und Raffi, wie Mirko gerade in Nickys Künstlergarderobe verschwand.

Schnell huschten sie hin und spähten vorsichtig hinein.

Drinnen schaute sich Mirko suchend um. Vor dem Abfalleimer bückte er sich nieder. Auf dem Boden lag eine Pipette – ein Glasröhrchen, wie man es zum Ansaugen von Flüssigkeiten benutzte. Mirko hob die Pipette auf, wiegte sie nachdenklich in der Hand und steckte sie dann in die Innentasche seiner Security-Uniform.

Danach kam er zur Tür.

Die Mädchen zogen sich rasch in den Schatten des Seitengangs zurück.

Doch der Junge entdeckte sie trotzdem. «Was macht ihr hier?»

«Das könnten wir dich auch fragen», gab Debora zurück. «Was hast du in Nickys Garderobe gemacht?»

«Ich muss aus Sicherheitsgründen alle Räume durchsuchen», antwortete Mirko. «Ich habe den Auftrag zu überprüfen, ob was Verdächtiges vorzufinden ist.»

«Und?» Raffi musterte ihn forschend. «Hast du da drin was Verdächtiges gefunden?»

«Das geht dich nichts an.» Mirko verschwand den Flur entlang zu den nächsten Garderoben.

Die Mädchen schauten sich an. Da stimmte doch was nicht …

Nachdenklich gingen sie zurück nach vorne zur Bühne.

An der Bar trafen Debora und Raffi auf Simon. «Das ist wirklich merkwürdig», sagte er, als sie ihm die Sache mit Mirko erzählten. «Und dieser Kellner ist auch verdächtig – der Typ ist wie vom Erdboden verschluckt.»

«Hmm», murmelte Debora nachdenklich. «Wenn der Kellner oder Mirko was mit der Vergiftung zu tun haben – was könnten die denn für einen Grund dafür haben, Nicky so was anzutun?»

«Tja, vielleicht haben sie es für Rado getan», meinte Simon. «Damit Rado morgen das Halbfinale gewinnt.»

ACHTUNG
Starkstrom!
Lebensgefahr!
SECURITY

«Das könnte wirklich sein», stimmte Debora zu. «Spioniert hat dieser Kellner auf jeden Fall für Rado, so viel steht fest.»

«Und vielleicht hat er nicht nur spioniert», meinte Raffi. «Sondern Nicky auch gleich noch vergiftet …»

«Und Mirko?», fragte Debora. «Warum sollte *der* so etwas tun?»

«Der hätte mit Rado auf Europa-Tournee gehen können», antwortete Simon. «Rado hat ihm angeboten, sein persönlicher Leibwächter zu werden, wenn er ins Finale kommt.»

«Das wäre ein denkbarer Grund», sagte Debora. «Und Mirko hätte auch die Gelegenheit gehabt, es zu tun.»

Raffi nickte. «Er könnte das Gift in Nickys Getränk getan und dann in der Eile das Glasröhrchen verloren haben, weil vielleicht jemand reinkam …»

«Und vorhin ist er zurückgekommen, um das Beweismaterial beiseitezuschaffen», schloss Simon.

«Das sieht wirklich nicht gut aus», murmelte Debora und blickte zu Boden.

Wäre Mirko wirklich zu so etwas fähig?

Und wieso war dieser Kellner plötzlich wie vom Erdboden verschluckt?

Ihre Gedanken wurden unterbrochen durch eine Ansage vorne bei der Bühne.

Die Managerin versammelte die Gäste, die noch da waren.

Als alle bei der Bar zusammenstanden, sagte die Frau: «Wir danken euch, dass ihr heute Abend gekommen seid, und wir zählen morgen auf euch – votet für Nicky, jede

Stimme zählt! Und jetzt wünschen wir euch eine gute Nacht. *The Party is over.*»

Als die Kids die Halle verließen, trafen sie draußen auf Rocky. Die Schwester des Stars saß ganz allein auf einem Mäuerchen. Als sie Zwockel sah, sprang sie auf.

«Du bist aber süß!», rief sie mit kratziger Stimme und streichelte dem Hund liebevoll übers Fell.

«Er heißt Zwockel», sagte Debora. «Und ...»

«Zwockel?» Rocky schaute auf. «Cooler Name!»

«Wie geht es Nicky?», fragte Simon.

Rocky streichelte Zwockel weiter. «Nicht gut. Nicky könnte vergiftet worden sein.»

«Das haben wir auch gedacht», sagte Raffi. «Und wir haben schon wichtige Hinweise dafür gefunden.»

«Echt?» Rocky richtete sich auf. «Was denn?»

«Da ist zum Beispiel dieser Kellner. Der hat Nicky mehrere Getränke gebracht – einmal was mit Alkohol, beim zweiten Mal ein Glas Cola.»

Rocky wurde hellhörig. «Ein Glas ...»

«Ja, ein einzelnes Glas, extra für ihn.»

«Das ist nicht üblich. Normalerweise darf man Nicky nur Getränke in Flaschen bringen ... Und was habt ihr sonst noch für Hinweise?»

«Na, ja», begann Debora. «Wir haben gesehen, wie Mirko vom Sicherheitsdienst in Nickys Garderobe eine Pipette vom Boden aufhob und einsteckte.»

«Eine Pipette?» Rocky hielt für einen Moment den Atem an. «Das ist ... wirklich merkwürdig ...»

Sie kniete sich neben Zwockel nieder und drückte ihn an sich. «Du bist sooo süß!», schwärmte sie ganz verliebt. «Du hast es gut, du hast nicht solche Sorgen wie ich ...»

«Was hast du denn für Sorgen?», fragte Raffi.

«Im Internet sind neue Drohungen aufgetaucht», erzählte Rocky. «Für morgen ist eine große Stör-Aktion angekündigt: *Wir ziehen euch den Stecker* – was auch immer das bedeuten mag. Und zu allem hinzu geht es nun Nicky so schlecht ...»

Die schönen Augen in Rockys sorgfältig geschminkten Gesicht blickten traurig.

Zwockel stupste das Mädchen mit der Nase an und leckte ihr die Hand mit den lackierten Fingernägeln.

«Ja, du bist ein Lieber!», lächelte sie. «Ein echter Freund.»

Dann schaute sie zu Debora hoch. «Darf ich ihn noch mal sehen? Wollen wir uns morgen wieder treffen?»

«Uns treffen?» Debora war ein wenig überrascht. «Ja, klar, wenn du willst.»

«Gut, ich rufe dich an.» Rocky stand auf und ließ sich Deboras Nummer geben. Dann trottete sie in die Richtung des hohen Hotel-Turms in der Nähe davon. Der leuchtende Neon-Schriftzug auf dem Dach strahlte hell in die warme Nacht hinaus.

Nicht der Hauch einer Regung

8

Kurz nach dem Frühstück auf dem Kaminski-Hof klingelte Deboras Handy.

Rocky war dran und lud Debora ein, mit ihr zusammen Nicky im Krankenhaus zu besuchen. Dort dürfte Zwockel zwar nicht mit rein, aber vielleicht könnten sie ja anschließend mit dem Hund im Park spielen gehen.

«Darf Raffi auch mitkommen?», fragte Debora.

«Na, klar, und dein Bruder auch, wenn er will.»

«Der muss wieder in der Halle arbeiten. Die Leute vom Fernsehen wollen heute Abend die Sendung durchziehen – offenbar mit oder ohne Nicky.»

«Oh … hoffen wir, dass Nicky dabei sein kann! Heute Morgen geht es ihm etwas besser. Aber ob er's schafft …» Rocky machte eine Pause. Es war zu hören, dass sie Tränen hinunterschluckte. Dann fasste sie sich wieder. «Also, in einer Stunde vor dem Krankenhaus.»

«Okay.»

Raffi war ganz schön aufgeregt, als sie hörte, dass sie Nicky im Krankenhaus besuchen durfte. «Zum Glück geht es ihm besser!»

«Ja, zum Glück», sagte Debora. «Hoffentlich kriegt er keinen Rückfall und wird wieder ganz gesund.»

Vor dem Krankenhaus war es gar nicht so einfach, Rocky zu finden. Zahllose Mädchen drängten sich auf dem Platz vor dem Eingang. Viele von ihnen trugen Schilder in Herzform mit der Aufschrift GUTE BESSERUNG NICKY!

Zwockel zog über die vertrocknete Wiese vor dem Bau los. Es war schon so lange kein Regen mehr gefallen, dass der Rasen und die Gärten vollkommen ausgedorrt waren. Wegen der Wasserknappheit durfte man seit Wochen nicht mehr gießen.

Zwockel führte Debora und Raffi zwischen den Fans hindurch zu Rocky, die auf einer Parkbank saß. Als sie Zwockel kommen sah, schob sie schnell eine angebissene Schokolade in ihre Handtasche. Stürmisch knuddelte sie den Hund, der sich das gerne gefallen ließ.

Dann gingen sie mit Zwockel zu ein paar Mädchen am Rand der gelb-trockenen Wiese, die Rocky anscheinend kannte. «Würdet ihr kurz auf den Hund aufpassen, Mädels?»

«Ja, klar!», strahlten sie. «Wir dürfen eh vorläufig nicht rein.»

«Cool. Wir sind bald wieder da.»

«Lasst euch ruhig Zeit!»

«Danke, bis gleich.» Debora und Raffi gingen mit Rocky zum Eingang.

Auch drinnen in der Vorhalle standen Fans dicht an dicht.

Die Kids drängten sich mit Rocky durch die Menge zu den Aufzügen.

Als sie oben aus dem Lift stiegen, war auch dort der Flur voller Verehrerinnen.

Vor Nickys Tür hielten zwei Sicherheitsleute Wache. Einer davon war Mirko, und beide hatten alle Hände voll damit zu tun, die Fans vom Eindringen abzuhalten.

Neben ihnen telefonierte die Managerin. «Wir brauchen mehr Security hier! Die rennen uns die Türe ein, und Nicky braucht doch seine Ruhe!»

Sie hielt inne und hörte zu. «Was?», sagte sie dann. «Eine neue Drohung im Internet, und diesmal meinen sie es todernst? ... Okay, ich versteh ja, dass ihr deswegen viele Leute bei der Halle braucht. Schickt mir einfach, was ihr entbehren könnt. Okay? Gut, bis später.»

Eine streng dreinblickende Krankenschwester drängte sich durch die Fans zum Zimmer. «Der Direktor hat die Polizei angerufen. Das geht hier so nicht – wir können ja nicht mal mehr zu den Krankenzimmern gelangen.»

Rocky stellte sich neben sie. «Wir gehen auch mit rein.»

Die Managerin trat in den Weg und schaute Rocky, Debora und Raffi abwägend an. «Hmm ... Meinetwegen. Aber nur ihr drei.»

«Pah!», versetzte Rocky. «Wäre ja noch schöner, mich

nicht zu meinem Bruder zu lassen. Wenn schon, dann sollte Nicky *vor dir* Ruhe bekommen!»

Die Managerin wandte sich an die Sicherheitsleute. «Sorgt dafür, dass keine anderen reinkommen, klar? Bereit?»

Die Securitys nickten.

«Okay», sagte sie. «Aufmachen!»

Mirko griff zur Klinke und zog die Tür mit einem Ruck auf. «Los, rein mit euch!»

Die drei Mädchen huschten unter den eifersüchtigen Blicken der Fans gemeinsam mit der Krankenschwester und der Managerin in Nickys Zimmer.

Die Tür wurde gleich wieder zugeworfen, und von draußen drang Gekreische und Gezeter von Mädchen hinein, die unbedingt zum Star wollten.

Drinnen im Raum war es dagegen totenstill.

Nur das regelmäßige Piepen eines Monitors war zu hören.

Die Mädchen schauten zum Bett. Und hielten den Atem an.

Nicky lag blass unter dem Laken.

Seine Augen waren geschlossen.

Sein Gesicht war totenbleich.

Er machte keine Regung.

Nicht den Hauch einer Regung.

Die Managerin schnappte nach Luft. «Er wird doch nicht etwa …»

Der Rest des Satzes blieb ihr im Hals stecken.

Das durfte einfach nicht wahr sein.
Oder doch?
War es wahr?
Es wäre nicht auszudenken.
Es wäre schlicht und einfach zu hart.
Zu hart für Rocky.
Für die Fans.
Für alle.

Die Mädchen blickten sich bestürzt an.

Dann traten sie mit angehaltenem Atem ans Krankenbett.

Rocky beugte sich über ihren fahlen Bruder und sah ihm ins Gesicht.

«Nicky!»

Nichts geschah.

Überhaupt nichts.

Voller Angst griff Rocky an Nickys Schulter und rüttelte sanft daran.

«Nicky! Nicky!»

Der Junge rührte sich nicht.

Weder in seinem Gesicht noch an seinem Körper war irgendeine Regung zu sehen.

«Nicky!»

Rocky schüttelte ihn nun noch stärker.

«Nicky! So wach doch auf!»

Tränen traten in ihre Augen.

«Bitte! Nicky! Wach auf! Bitte, bitte wach auf!»

Überlebt Nicky?

9

In Nickys bleichem Gesicht bewegte sich etwas.

Die Lippen zuckten. Ganz leicht, aber es war immerhin ein Lebenszeichen.

Mühsam öffnete er die Augen. So langsam, als seien sie verklebt.

«Gott sei Dank!», seufzte Rocky. «Ich dachte schon ...»

Ein kleines Lächeln umspielte Nickys Mund. «So leicht wirst du mich nicht los, Schwesterchen.»

Debora und Raffi bliesen erleichtert Luft aus. «Du hast uns einen ganz schönen Schreck eingejagt!»

«Das sind zwei Freundinnen von mir», stellte Rocky die beiden Mädchen vor.

Nicky nickte schwach. Aus seinem Arm führte ein dünner Schlauch zu einem aufgehängten Beutel, aus dem eine klare Flüssigkeit tropfte.

Die Krankenschwester überprüfte Nickys Blutdruck und die Messwerte auf einem Monitor. «Wir konnten dich in der Nacht stabilisieren», erklärte sie ihm. «Jetzt müssen wir deinen Zustand überwachen und dich gut im Auge behalten.»

«Und?», fragte die Managerin ungerührt. «Kann er heute Abend auftreten?»

«Kaum», antwortete die Krankenschwester. «Seine Gesundheit steht jetzt an erster Stelle.»

«Können Sie ihm nicht was geben, das ihn aus dem Bett holt? Nur für kurze Zeit. Er hat heute den Auftritt seines Lebens!»

Aus Nickys Gesicht verschwand das Lächeln. «Ich glaube, ich schaffe das nicht», hauchte er. «Mir geht's echt mies. Ich fühle mich voll am Abgrund ...»

«Du wirst immer am Abgrund sein», sagte die Managerin abgeklärt. «Das ist das Leben eines Stars. Ganz oder gar nicht, ein bisschen gibt's nicht. Du bist entweder ein Star oder ein Nichts.»

«Dann bin ich wohl eher ein Nichts.» Mühsam versuchte Nicky sich etwas aufzurichten. «Ich halte das auf die Dauer nicht durch. Ich bin nicht stark genug. Ich bin nicht gut genug. Ich darf nie krank werden, ich darf keine Schwäche zeigen, ich muss immer gut drauf sein ...» Seine Stimme brach, und er ließ sich erschöpft ins Kissen fallen. «Ich schaffe das nicht. Ich schaffe das nicht.»

«Wir kriegen das hin», sagte die Managerin aufmunternd. «Du wirst sehen, du schaffst das. Du kannst jetzt nicht am wichtigsten Punkt deiner Karriere aufgeben.»

«Stopp!» Rocky setzte sich auf den Bettrand und starrte die Managerin scharf an. «Jetzt hältst du mal die Klappe. Siehst du denn nicht, dass Nicky kurz vor einem endgültigen Zusammenbruch steht? Wir müssen ihn jetzt schützen und ihn für eine Weile aus dem Rennen nehmen, sonst überlebt er das nicht!»

«Und das Halbfinale heute Abend?» Die Managerin stampfte auf. «Sollen wir alles sausen lassen, was ich jetzt ein Jahr lang mit viel Geld und Geduld aufgebaut habe?»

Nicky seufzte. «Das Halbfinale würde eh Rado gewinnen. Er ist viel besser als ich. Er schreibt seine Songs selbst, er lebt für die Musik, seit er ein kleines Kind ist. Gegen den bin ich bloß ein Abziehbild, das im richtigen Moment den Mund aufmacht und singt, was man ihm vorgibt. Irgendein Sänger, der vielleicht ganz gut aussieht und hübsch in die Kamera lächeln und *posen* kann. Aber der wirkliche Künstler – das ist Rado.»

Im Zimmer verbreitete sich betroffene Stille. Nur der Monitor piepte ununterbrochen weiter.

Piep. Piep. Piep.

Nicky schloss die Augen und stöhnte erschöpft auf.

Die Krankenschwester legte das Blutdruckmessgerät beiseite. «So, das reicht jetzt, der Patient ist ja vollkommen entkräftet.»

«Klar», seufzte die Managerin. «Also geben Sie ihm doch was, das ihn auf die Beine bringt!»

Die Krankenschwester sah sie ruhig an. «Wir tun genau das, was für ihn das Beste ist. Er braucht jetzt viel Schlaf und Ruhe und viel Flüssigkeit.»

Die Managerin kniff die Lippen zu einem schmalen Strich zusammen, sagte aber nichts.

In diesem Moment begann ihr Handy zu klingeln. Sie ging dran und verließ den Raum.

Rocky schaute die Krankenschwester an. «Warum ist es Nicky eigentlich so plötzlich sterbensübel geworden?»

«Es sieht nach einer Vergiftung aus», antwortete die Frau. «Wovon, wissen wir noch nicht. Die Untersuchungen laufen, wir müssen auf die Laborwerte warten.»

Damit ging sie zur Tür und eilte hinaus.

Debora trat näher ans Bett. «Nicky, hast du vielleicht eine Idee, wer dich vergiftet haben könnte?»

Der Junge öffnete mühsam die Augen. «Ich hab auf der Party nichts gegessen ...»

«Aber getrunken», sagte Raffi. «Die Cola, die dir der Kellner gebracht hat.»

«Die hab ich nicht angerührt.» Auf Nickys Stirn bildeten sich Schweißperlen. Das Gespräch strengte ihn immer mehr an. «Ich hatte ja grade vorher die Cola vom Schminkbord getrunken.»

«Genau!» Raffi nickte. «Vielleicht war da was drin!»

Bei diesen Worten wendete Rocky ruckartig den Blick ab und schaute aus dem Fenster über die Dächer der Stadt.

Debora fragte: «Wer hatte denn alles Zutritt zur Garderobe? Wer durfte da überhaupt rein?»

«Nur ich ...» Nickys Stimme wurde immer schwächer. «Und ... die Managerin ... und ...»

«Okay, Leute!», ging Rocky dazwischen und stand vom Bett auf.

Raffi und Debora musterten Rocky aufmerksam. Irgendwie sah es so aus, als wollte sie etwas vertuschen. Bloß was?

«Lasst uns jetzt mit dem Hund in den Park gehen», sagte das heisere Mädchen und lächelte ihren Bruder an. «Ein wenig Schlaf wird dir guttun, Nicky. Ich komm später wieder.»

Der Junge nickte und schloss die Augen.

Nach wenigen Atemzügen schlief er.

Leise gingen die drei Mädchen zur Tür und verließen das Zimmer.

Durchsuchung im Tourbus

10

In der Mittagspause wählte Simon am Catering-Tisch ein Sandwich aus, biss hinein und schlenderte damit durch die halbdunklen Flure der Halle zum Ausgang.

Draußen am Einlass kontrollierte Mirko gerade einen Mann in gelber Leuchtweste mit umgehängter Elektro-Werkzeugtasche.

«Tut mir leid», sagte Mirko. «Ohne *Badge* kommen Sie nicht rein.»

«Ich muss aber rein!» Der Mann streckte ihm eine Firmenkarte hin. «Ich bin vom Elektro-Hausdienst, ich muss bei der Stromanlage was fixen.»

Mirko schüttelte den Kopf. «Ohne Badge kann ich Sie nicht reinlassen. Ich habe keine Anweisung, für die Stromer eine Ausnahme zu machen, sorry.»

«Mist!», zischte der Mann, drehte sich um und stapfte davon.

Simon nickte Mirko zu, trat ins helle Tageslicht hinaus und schlenderte um die Halle herum.

In der drückenden Hitze hielt er sich, so gut es ging, im Schatten.

Hinter der Halle sah er auf dem großen Parkplatz, wie Rado vor dem Tourbus mit jemandem sprach – mit einem jungen Mann mit einem Spinnennetz-Tattoo am Nacken – Rados Tonmischer Bono, der an der Party gekellnert hatte.

Leise schlich Simon im Schatten der Halle entlang.

Vor dem Nebeneingang parkte ein Catering-Wagen. Ein Mann brachte Servierplatten mit Essen für die Staff-Mitglieder in die Halle.

Simon versteckte sich hinter dem Wagen. Von hier konnte er die beiden Jungs drüben vor dem Tourbus reden hören.

Rado las gerade von seinem Handy ab. «*Betrüger* nennt mich hier einer. Lauter solche Kommentare kriege ich auf meinem Insta-Kanal. *Hast du's wirklich nötig, deinen Gegner zu vergiften? Kannst du nicht auf normale Art gegen Nicky gewinnen?* So geht das weiter. Dutzende von Kommentaren.»

Er steckte das Handy ein und schaute Bono an. «Das Mittelchen in dem Drink wirkt viel zu stark! Es hätte genügt, wenn Nicky ein paar Stunden flachliegt. Aber so holt er sich doch voll den Mitleids-Bonus!»

Bono blickte ihn erstaunt an. «Was für ein Mittelchen?»

Rado begann zu lächeln und klopfte Bono auf die Schulter. «Keine Angst, Alter, dieses kleine Geheimnis bleibt schön unter uns.»

Damit ging Rado zur Tür und stieg in seinen Tourbus. «Ich muss noch ein paar Dinge erledigen. Bis später, Bro.»

Bono sah sprachlos zu, wie Rado im Innern verschwand.

Dann trottete er kopfschüttelnd über den heißen Parkplatz davon.

Simon holte sein Handy heraus, rief seine Schwestern zu Hause an und erzählte ihnen aufgeregt, was er gerade eben gehört hatte.

Die Mädchen verloren keine Zeit und machten sich auf dem schnellsten Weg zu Simon.

Vorsichtig schauten Debora und Raffi um die Ecke der Halle. Simon gab sich in seinem Versteck hinter dem Catering-Wagen zu erkennen, und die Mädchen huschten im Schatten zu ihm.

«Wir müssten in den Tourbus rein», sagte Simon leise. «Wenn wir darin Beweise finden, dass Rado was mit Nickys Vergiftung zu tun hat, ist er geliefert – dann gewinnt Nicky heute Abend sogar, ohne aufzutreten.»

«Das wäre der Hammer», fand Debora. «Aber wie könnten wir in den Bus hineinkommen?»

«Im Moment ist Rado drin», antwortete Simon. «Aber vielleicht ...»

In diesem Augenblick öffnete sich die Tür und Rado trat heraus.

Mit dem Handy am Ohr ging er über den Platz, ohne die Kids hinter dem Catering-Wagen zu bemerken. «Okay, Bono», sagte er. «Damit du weißt, wo ich stecke: Ich bin in zehn Minuten wieder da. Music-TV will noch rasch ein Kurz-Interview mit mir aufnehmen.»

Damit verschwand er um die Ecke.

Die Kids sahen sich aufgeregt an. «Zehn Minuten – das würde reichen!»

«Also los!» Debora hielt Raffi ihr Handy hin. «Du hältst draußen Wache – falls er zu früh zurückkommt, rufst du Simon an!»

«Warum immer ich?», schmollte die Kleine. «Ich will auch mal mitkommen!»

«Weil du es am besten kannst!» Simon klopfte ihr anerkennend auf die Schulter. «Das hast du doch schon hundert Mal bewiesen, Schwesterchen!»

«Und jetzt los», sagte Debora. «Die zehn Minuten laufen!»

Widerstrebend nahm Raffi das Handy. «Also gut, aber nächstes Mal ...»

Weiter sprach sie nicht, denn Debora und Simon rannten bereits zum Tourbus hinüber.

Vor der Tür blickten sie sich rasch um.

Weit und breit war niemand zu sehen.

Schnell traten die beiden ein und verschwanden im Innern.

Im stickigen Tourbus hingen Poster mit zahllosen Auftritten von Rado.

Offenbar war er von einer Stadt zur anderen getingelt, von Show zu Show, und hatte sich fleißig von kleinen Bühnen zu immer größeren Hallen emporgearbeitet.

Simon und Debora sahen sich hastig im Bus um: Auf einem Tisch in der Sesselecke lagen Notenblätter, die von Hand mit Textzeilen und Melodie-Ideen vollgekritzelt waren. Ganz offensichtlich schrieb Rado seine Songs selbst und ließ sie sich nicht wie andere Stars – auch Nicky – von Profis auf den Leib komponieren.

«Hast du was?», fragte Simon.

Debora schüttelte den Kopf. «Bis jetzt noch nicht …»

In der Ecke stand eine Gitarre, und in dem Gestell darüber reihten sich Bücher aneinander über Klassik, Musik- und Rockgeschichte und berühmte Songs.

In dem länglichen Raum gab es ein ungemachtes Bett, an der Wand hingen gerahmte Bilder von Musikern.

Dabei war auch ein Bild, auf dem Rado freundschaftlich den Arm um Bonos Schultern legte. An Bonos Nacken war sein schwarzes Spinnennetz-Tattoo zu erkennen.

Simon deutete darauf. «Sieh mal, hier.»

Debora kam herüber. «Das ist der Kellner von gestern Abend!», stieß sie aus. «Ganz eindeutig!»

«Mhm, der Typ hat vorhin mit Rado vor dem Tourbus über Nickys Vergiftung gesprochen.»

«Okay ...» Debora nickte nachdenklich und schaute sich weiter um.

Auf einem Bord standen Energy-Getränke und Sportler-Nahrung. «Rado scheint sich ganz schön fit zu halten.»

Dieser Eindruck bestätigte sich auch, als sie den Kühlschrank öffnete. Darin gab es neben Milchtüten bloß stilles Wasser ohne Ende.

Debora blickte auf die Uhr. «Die zehn Minuten sind gleich um – lass uns hier verschwinden!»

«Ja, gleich.» Simon beugte sich gerade über einen kleinen Bürotisch. Darauf lagen Fanbriefe und von Hand geschriebene Antworten mit Autogrammkarten, die Rado wohl bald verschicken wollte.

Doch im ganzen Bus gab es keinen Hinweis, dass Rado etwas mit Nickys Vergiftung zu tun haben könnte.

Nicht den geringsten.

«Halt, Rado, nicht einsteigen!»

11

Raffi stand auf dem glühend heißen Parkplatz in der Mittagshitze vor dem Tourbus und hielt Wache.

Plötzlich sah sie jemanden kommen.

Es war ausgerechnet Rado.

Er hielt wie immer sein Handy ans Ohr.

«Jetzt kann ich mich schon auf das Finale vorbereiten», sagte er gerade. «Nicky liegt mit Vergiftung im Krankenhaus, und wenn er's heute doch noch auf die Bühne schafft, ist er total ausgelaugt, so hat er eh keine Chance gegen mich.»

Raffi versuchte Simon anzurufen, doch auf die Schnelle fand sie seine Nummer nicht. Die hätte sie wohl besser vorher schon klargemacht, um sie in der Hektik gleich zur Hand zu haben.

Jetzt war es jedenfalls zu spät dazu.

Doch sie musste irgendetwas tun.

Sie musste den Sänger aufhalten.

Irgendwie.

Bloß wie?

Nun war Rado schon ganz nah.

Da hatte die Kleine eine Idee.

Sie holte tief Luft.

Und dann rief sie, so laut sie konnte: «Hallo Rado! Da bist du ja!»

Es klang eher wie ein Schrei als wie ein Ruf.

Der Sänger blieb verblüfft stehen.

Rado musterte die Kleine und steckte sein Handy ein.

«Was willst du denn?»

«Tja, äh …» Raffi überlegte fieberhaft, was sie sagen sollte.

Plötzlich fiel ihr etwas ein, das ganz normal wäre, das überhaupt nicht auffallen würde.

Sie lächelte süß und sagte: «Ich möchte ein Selfie mit dir!»

Dazu hob sie Deboras Handy hoch.

Rado schmunzelte und trat neben sie. «Also gut, aber mach schnell.»

Das war ein bisschen viel verlangt. Denn Raffi hatte noch nie mit Deboras Handy ein Selfie gemacht. Sie wollte nun zwar gern eins knipsen, doch der Bildschirm zeigte immer was Falsches – nicht sie selbst, sondern etwas, das vor ihr war. «Ähm … es … es geht nicht», stammelte sie verlegen.

Rado schmunzelte noch mehr. «Gib her.» Er nahm das Handy und schaltete es auf Frontkamera um. «So, jetzt los!»

«Ah, gut, danke!» Raffi sah sich um. Sie musste Rado unbedingt vom Tourbus weglocken, damit Simon und Debora aussteigen konnten.

«Da drüben!» Sie zeigte auf die unverputzte, hässliche Hallenwand. «Dort wäre es schön, vor dieser coolen Wand.»

Rado hob die Augenbraue. «Das findest du schön?»

Er schaute auf die Uhr und seufzte.

Doch dann eilte er mit der Kleinen über den Parkplatz.

Bei der hässlichen Hallenwand bemerkte Raffi, dass der Tourbus von dort immer noch zu sehen war.

«Ähm», murmelte sie. «Das ist doch nicht so gut hier. Lass uns um die Ecke gehen, da ...»

«Sorry», sagte Rado. «Jetzt reicht's – entweder machen wir das Selfie hier oder gar nicht.»

«Na, gut ...» Raffi überlegte, wie sie dieses verflixte Problem denn bloß lösen sollte.

Ihr musste doch irgendwas einfallen.

Irgendwas.

Da ging ihr plötzlich ein Licht auf.

Strahlend sagte sie: «Also gut, wir drehen uns einfach um – das ist viel romantischer!»

«Mann, du hast Nerven!» Rado seufzte auf. Doch er machte mit. Er war offenbar eine Seele von Mensch.

Raffi hob das Handy hoch und fuchtelte eine Weile

lang damit herum, bis sie endlich ihren und Rados Kopf in die Bildmitte kriegte.

Dann begann sie zuckersüß zu lächeln.

Und dann machte sie das Foto.

Nach dem Klick eilte Rado über den Parkplatz davon. «Ich wünsch dir einen schönen Tag noch. Tschüss, mach's gut!»

«Ich dir auch!» Mit wachsender Panik verfolgte Raffi, wie Rado auf den Tourbus zuging.

Gleich würde er die Tür erreichen.

Nun wusste sie wirklich nicht mehr, was sie tun sollte.

Irgendwas Unauffälliges fiel ihr nicht mehr ein.

Tja, dann musste eben was Auffälliges her.

Jetzt gab es keine Rücksicht auf Verluste mehr.

Verzweifelt rief Raffi aus vollem Hals: «Halt, Rado! Nicht einsteigen!»

Der Sänger blieb stehen und drehte sich um. «Warum denn nicht?»

«Weil … weil …»

Rado grinste. «Verrückte Kleine!»

Kopfschüttelnd stieg er ein.

Raffi hielt die Luft an. Gleich würde drin ein Geschimpfe losgehen, sie konnte es sich schon vorstellen:

Was die Kids hier zu suchen hätten, das sei verboten, einfach so in ein fremdes Fahrzeug einzusteigen, und …

Doch es ging kein Geschimpfe los.

Es ging überhaupt nichts los.

Nicht das Geringste geschah.

Rein gar nichts.

Und dann …

… nach einer schreckensvollen Minute …

… geschah …

… immer noch nichts.

Alles blieb ruhig.

Die Kleine konnte es kaum glauben.

Langsam wagte sie wieder, zu atmen. Ganz langsam, doch es tat ziemlich gut, wieder etwas Luft zu bekommen.

Plötzlich hörte Raffi ein Zischen. Das Geräusch kam von der Halle her.

Schnell schaute die Kleine hin.

Im Schatten hinter dem Catering-Wagen winkte ihr jemand zu.

Simon und Debora.

Erleichtert rannte Raffi hin und versteckte sich ebenfalls hinter dem Wagen.

«Uff!», stöhnte sie. «Ich habe schon gedacht, ihr wärt immer noch im Tourbus drin! Das wär ja ganz schön krass gewesen! Wie habt ihr's denn geschafft, unbemerkt herauszukommen?»

«Das haben wir nur dir zu verdanken!» Simon klopfte ihr lobend auf den Rücken. «Das hast du gut gemacht, Schwesterchen!»

Debora schmunzelte. «Deine Idee mit der hässlichen Hallenwand war super! Als Rado sich fürs Selfie umdrehte, konnten wir aus dem Bus huschen und uns hier verstecken. Die Zeit, die du fürs Einstellen und Knipsen des Fotos gebraucht hast, hat genau gereicht! Super, Raffi!»

Die einzige Chance

12

Die Kids beobachteten von ihrem Versteck hinter dem Catering-Wagen aus, wie Rado drüben vor seinen Tourbus trat.

Der Sänger spannte einen Sonnenschirm auf und stellte einen Campingtisch und zwei Klappstühle darunter. Dann setzte er sich hin und begann, auf seiner Gitarre zu spielen. Es klang unheimlich gut. Besser als alles, was die Kids je von einer Gitarre gehört hatten.

«Boa», staunte Raffi. «Der kann aber gut spielen!»

Debora und Simon nickten beipflichtend – sie waren ebenso beeindruckt wie ihre Schwester.

In diesem Moment kam Bono um die Hallenecke. Er überquerte den heißen Parkplatz und setzte sich zu Rado in den Schatten unter dem Sonnenschirm.

Die Kids spitzten die Ohren, um mitzubekommen, was die beiden sprachen.

«Hör mal», sagte Bono. «Ich, äh ... ich wollte noch mal mit dir über Nickys Vergiftung reden. Also ... dass du das getan hast, finde ich echt nicht gut ...»

Rado hörte auf zu spielen und starrte Bono an. «Was

hab ich getan? Ich dachte, du warst das! Hast du etwa nicht Nicky vergiftet?»

«Ich?! Sicher nicht!», entgegnete Bono heftig. «Ich dachte, du warst das!»

Rado stöhnte auf. «Ich bin doch nicht blöd, Mann! Durch die ganze Vergiftungsgeschichte kriegt Nicky einen Mitleidsbonus – das ist nicht in meinem Interesse! Ich hätte es auch gar nicht nötig, denn ich gewinne eh gegen ihn. Und mit solchen krummen Mitteln kämpfe ich sowieso nicht. Hast du das wirklich von mir gedacht?»

«Und du von mir? Wir kennen uns doch schon so lange, wir haben im Sandkasten zusammen gespielt! Es hätte überhaupt nicht zu dir gepasst, wenn du so was getan hättest!»

«Zu dir eben auch nicht!»

Die Kids schauten sich aufgeregt an.

«Das ist ja spannend!», flüsterte Simon. «Die waren es nicht!»

Debora nickte. «Wenn beide dachten, der andere war es, dann waren es beide nicht.»

Drüben stand Rado auf. «He, Bimbo!», rief er dem Mann vom Catering zu, der gerade aus der Halle kam. «Hast du noch was Kühles an Bord?»

«Ja, aber dann muss ich los», antwortete Bimbo. «Sprudel wie immer?»

«Gerne, zwei Stück.»

Rado kriegte die beiden Flaschen und ging damit zurück zum Campingtisch vor seinem Bus.

Er gab Bono eine Flasche und setzte sich wieder hin.

«Wir haben ja noch ein wenig Zeit bis zum finalen Sound-Check.»

Bono trank einen Schluck. «Vorhin haben sie ziemlich schwierig getan beim Check am Mischpult. Ständig hat mir einer über die Schulter geschaut.»

«Das geht natürlich gar nicht! Die sollen dich gefälligst machen lassen. Nur du bringst diesen typischen Rado-Sound hin. Da lassen wir nicht irgendwelche Mixer ran.»

Die Kids sahen sich in ihrem Versteck an. «Wird langsam Zeit zu verschwinden – lasst uns bei der nächstbesten Gelegenheit …»

In diesem Moment zuckten alle drei zusammen.

Türen wurden zugeschlagen – und zwar nicht irgendwelche, sondern die vorne am Catering-Wagen.

Und dann ging der Motor an.

Blass starrten sich die Kids an.

«Gleich fährt unsere Tarnung davon!», stellte Simon aufgeregt fest.

Debora nickte. «Wenn Rado und sein Kumpel uns hier sehen, fliegen wir auf!»

«Oh-oh», machte Raffi ängstlich. «Und was tun wir dann?»

«Keine Ahnung … Die dürfen uns einfach nicht erwischen!»

Das Fahrzeug setzte sich langsam in Bewegung.

Die Kids trabten im Gleichschritt an der Längsseite entlang mit.

Doch der Wagen wurde immer schneller.

Als er um die Ecke der Halle bog, rannten die Kids bereits in vollem Tempo.

Lange würden sie das so nicht durchhalten.

Doch dann wurde der Wagen zum Glück etwas langsamer.

Und noch langsamer.

Und bremste schließlich vor dem Tor ab.

In diesem Augenblick sprangen die Kids hinter einen Busch und verbargen sich im Gestrüpp.

Atemlos schauten sie sich in ihrem Versteck an.

«Puh!» Raffi wischte sich den Schweiß von der Stirn. «Das ist ja gerade noch mal gut gegangen!»

«Und wir haben was Wichtiges rausgefunden», sagte Simon. «Rado und dieser Bono haben offenbar nichts mit der Sache zu tun.»

«Genau», bestätigte Debora. «Im Tourbus haben wir auch nichts Verdächtiges gefunden. Keine einzige Spur, geschweige denn irgendwelche Beweise, dass Rado in Nickys Vergiftung verwickelt ist.»

Simon nickte. «Damit scheiden Rado und Bono als Hauptverdächtige aus ...»

«Aber ...» Raffi sah ihn an. «Wer könnte es denn sonst gewesen sein?»

«Tja, da bleibt eigentlich nur noch Mirko», überlegte

CATERING
SERVICE
Gourmet
STAFF

Simon. «Warum sollte der sonst diese Pipette mitnehmen, wenn er nicht der Täter ist?»

«Vielleicht weil er jemanden schützen will», gab Debora zu bedenken.

«Jemanden schützen?»

«Ja, jemanden, der mit der Pipette die Cola vergiftet hat. Und Mirko wollte für diese Person die Pipette beiseiteschaffen.»

«Aber wer könnte das denn sein?», fragte Raffi. «Wer sollte Nicky so etwas antun wollen?»

«Die Managerin bestimmt nicht», antwortete Simon. «Die will auf jeden Fall, dass ihr Star fit ist.»

Debora seufzte. «Zutritt zur Künstlergarderobe hatte sonst nur noch Rocky. Und die würde bestimmt nicht ihren Bruder vergiften.»

«Ganz bestimmt nicht!», pflichtete Raffi bei. «Die vergiftet doch nicht ihren Bruder!»

«Uns bleibt nur eins», sagte Simon im dichten Gestrüpp. «Wir müssen mit Mirko reden. Entweder verrät er sich dann selbst, oder er sagt uns, für wen er die Pipette beiseitegeschafft hat.»

Debora nickte. «Und falls sich herausstellt, dass es doch anders war, als es aussah, und Mirko gar nichts mit der Sache zu tun hat, soll er uns wenigstens diese Pipette geben.»

Raffi wischte sich einen Ast aus dem Gesicht. «Wofür soll er uns denn die Pipette geben?»

«Damit man im Labor feststellen kann, ob darin das Gift war, mit dem Nicky vergiftet wurde», antwortete Debora. «Das könnte uns auf eine Spur bringen, die zum wahren Täter führt.»

«Genau.» Simon holte sein Handy heraus und rief Mirko an.

Schon nach wenigen Momenten steckte er das Handy wieder ein.

Betroffen schaute er Debora an. «Er will nur mit dir reden, sagt er.»

«Mit *mir?*»

Simon nickte. «Mit sonst niemandem. Entweder *du* rufst ihn an, oder wir erfahren nie ein Wort von ihm.»

In der Falle

13

Debora schluckte leer.

Sie wusste nicht, ob sie Mirko wirklich anrufen wollte. Nach allem, was vorgefallen war, hatte sie nicht die geringste Lust, mit dem Jungen zu sprechen.

Schmerzlich tauchten die Bilder vor ihr auf, wie sie damals tränenüberströmt nach Hause gelaufen war. Nichts wie weg vom Bandenversteck der *Banfits* in der alten Fabrik. Wo Mirko stolz vor allen verkündete, dass er Debbie nur deswegen in die Bande gelockt hatte, um zu beweisen, dass er bei allen Mädchen ankam und sogar Debbie in die Bande kriegen würde.

Sie war so unsterblich in ihn verliebt gewesen. Unsterblich. Und sie hatte voll geglaubt, er stehe auch auf sie. Stattdessen hatte er die Fensterscheibe des Bushäuschens mit seinem Baseball-Schläger eingeschlagen – und dann behauptet, sie hätte es getan!

Dabei wollte sie mit all den üblen Dingen der Banfits überhaupt nichts zu tun haben. Sie war nur aus einem einzigen Grund der Bande beigetreten: Mirko. Und der hatte sich bloß lustig über sie gemacht.

Der Schmerz brannte noch immer in ihr, wenn sie an all das dachte. Klar hatte sie die Sache längst irgendwie überwunden. Sie hatte inzwischen einen Freund, der sie wirklich liebte. Bei Manuel durfte sie ganz sie selbst sein. Er brachte sie zum Lachen und tröstete sie, wenn sie traurig war.

Und doch blieb von Mirko etwas in ihr zurück, das wehtat.

Debora schüttelte den Kopf und versuchte, die Bilder aus der Vergangenheit wieder loszuwerden.[1]

Sie rief sich in Erinnerung, dass sie etwas herausfinden wollte. Nämlich, wer Nicky vergiftet hatte.

Und dazu musste sie mit Mirko sprechen.

Es gab keinen anderen Weg.

Ihr blieb nichts anderes übrig.

Entschlossen holte sie ihr Handy hervor und wählte seine Nummer.

Mirko ging gleich dran und hörte Debora gar nicht richtig zu.

«Ich habe nichts mit der Sache zu tun», sagte er. «Ihr könnt mir nichts anhängen. Lasst mich in Ruhe. Ich will den Job hier behalten – wenn ich den euretwegen verliere, dann …»

---

[1] Siehe Band 4: «Die Kaminski-Kids: Unter Verdacht».

«Wir wollen dir gar nichts anhängen», entgegnete Debora. «Aber wir haben gesehen, wie du in Nickys Garderobe eine Pipette aufgehoben und eingesteckt hast. Warum hast du das getan?»

«Ich …» Mirko stockte. «Ihr habt das gesehen …? Was hattet ihr dort zu suchen? Der Bereich ist in der Privat-Zone der Künstler, da darf außer den Berechtigten nur die Security …»

«Lenk nicht ab», ging Debora dazwischen. «Warum hast du die Pipette eingesteckt?»

«Ich …» Der Junge räusperte sich. «Am Telefon sag ich eh nichts. Das kannst du vergessen.»

«Gut, dann treffen wir uns eben mit dir.»

«Wenn überhaupt, treffe ich mich nur mit dir.»

«Was?» Debora nagte an ihrer Lippe. Mit dem Anruf war sie bereits weiter gegangen, als sie eigentlich wollte. Und nun den Jungen treffen – und dann auch noch alleine …

«Also, was ist?», fragte Mirko ungeduldig. «Ich muss weiterarbeiten.»

Debora wurde schmerzlich klar – wenn sie im Fall von Nickys Vergiftung weiterkommen wollte, blieb ihr keine andere Wahl.

Sie atmete tief durch und sagte: «Wann soll ich in die Halle kommen?»

«Nicht in die Halle», antwortete Mirko. «Wir treffen uns am Fluss. Bei der Sandbucht, um vier, dann hab ich Nachmittagspause.»

«Bei der Sandbucht?» Debora wurde es ganz mulmig

zumute. Die Sandbucht war an einer einsamen Stelle, wo nie jemand vorbeikam …

Dann gab sie sich einen Ruck. «Also gut. Um vier am Fluss.»

Besorgt legte sie auf und schaute in die Ferne.

In diesem Moment klingelte ihr Handy. Sie zuckte zusammen. Hatte Mirko es sich anders überlegt? Rasch ging sie dran. Doch es war nicht Mirko, sondern Rocky. Nickys Schwester lud Debora ein, sie mit Zwockel in ihrem Hotelzimmer zu besuchen. Etwa in einer Stunde – denn vorher hatte Rocky noch was anderes vor.

Mirko stand in der Halle und holte die Pipette aus der Innentasche seiner Uniform. Nachdenklich betrachtete er das Glasröhrchen von allen Seiten.

Da kam ein Mädchen den Gang entlang. Schnell schob er das Röhrchen in seine Innentasche zurück.

Das Mädchen war Rocky. Sie schluckte einen Bissen hinunter und schob einen angebrochenen Schokoriegel in ihre Handtasche.

Als sie bei Mirko war, las sie sein Namensschild ab. «Du bist also Mirko, der aus Nickys Garderobe die Pipette mitgenommen hat.»

«Was?» Erschrocken sah er sie an. «Wovon sprichst du?»

«Red nicht um den heißen Brei herum», sagte Rocky mit ihrer heiseren Stimme. «Ich weiß, dass du die Pipette genommen hast.»

«Ach – und woher willst du das wissen?»

«Ich weiß es einfach.» Sie schaute ihn an. «Im Musik-Geschäft will sich jeder ein Stück vom Kuchen abschneiden – da lernst du, deine Augen offenzuhalten.»

Sie streckte ihre Hand aus. «Und jetzt rück die Pipette raus.»

«Ich hab sie längst weggeworfen», sagte Mirko. «Was ist denn mit dieser Pipette?»

«Hmm … weggeworfen.» Rocky musterte ihn eine Weile lang. «Falls du sie zufälligerweise noch hast, würde ich es sehr schätzen, wenn du sie mir gibst. Ich könnte als Gegenleistung für dich ein gutes Wort bei deinem Chef einlegen – wegen sorgfältiger Arbeit und so.»

«Ich habe sie nicht mehr», beharrte Mirko. «Die ist schon längst mit dem Müll entsorgt worden.»

«So, so …» Rocky trat dicht vor ihn hin. «Falls die Pipette zufälligerweise in die falschen Hände gerät oder sonst wie an die Öffentlichkeit gelangt, dann beschwere ich mich bei deinem Arbeitgeber, und du wirst entlassen, dafür sorge ich.»

«Die gerät nicht in die falschen Hände», sagte Mirko. «Weil ich sie nämlich gar nicht mehr habe.»

«Tja …» Rocky kniff ihre schönen Augen zu schmalen Schlitzen zusammen. «So bleibt mir wohl nichts anderes übrig, als deinem Chef zu erzählen, was im Damen-WC passiert ist.»

Mirko furchte die Stirn. «Was soll denn dort passiert sein?»

«Na, du bist reingekommen, als ich drin war.»

«Kann schon sein. Ich hatte den Auftrag, die Räume zu durchsuchen, und …»

«Nein, dort darf nur weibliches Security-Personal rein, das solltest du wissen. Du wolltest nur rein, weil ich drin war. Du wolltest mich küssen! Ich habe schon gemerkt, dass du auf mich stehst. Und wenn das rauskommt, dann …» Den Rest des Satzes ließ sie in der Luft hängen.

Es war auch gar nicht nötig, die Worte auszusprechen.

Denn Mirko war sofort klar, was das für ihn bedeutete. Wenn Rocky das behauptete, würde er nicht beweisen können, dass sie log. Es stünde Aussage gegen Aussage. Und dann würde man viel eher der Schwester des Stars glauben als einem Vorbestraften, der in Jugendhaft war.

Er saß in der Falle.

In Rockys Hotelzimmer

14

Debora klopfte im neunten Stock des Hotels an Rockys Tür.

Bis zu ihrem Treffen mit Mirko am Fluss hatte sie noch etwas Zeit.

Als Rocky öffnete, trat Debora mit Zwockel in das klimagekühlte Zimmer.

Rocky streichelte den Hund, und Debora schaute aus den großen Fenstern, die den Blick über die ganze Stadt freigaben.

«Woa», staunte sie. «Das ist ja mal eine Aussicht!»

Zwockel legte sich auf den Teppich und begann vor sich hinzudösen.

Rocky bot Debora einen Schokoriegel an. «Willst du?»

«Danke, ich hab vor Kurzem gegessen.»

«Okay, dann nehme ich ihn.» Rocky verschlang den Riegel mit wenigen Bissen.

Dann legte sie sich aufs Bett und klopfte auf die Stelle neben sich. «Komm, ich zeig dir was.»

Debora setzte sich auf den Bettrand und sah auf das Handy in Rockys Hand. Es zeigte Instagram-Bilder von Models.

«Das möchte ich auch schaffen», schwärmte Rocky. «Wenn ich bloß nicht so strohige Haare hätte! Schau, diese hier hat einen Modelvertrag erhalten. Und die hat bald ihr Idealgewicht erreicht. Das dauert bei mir noch ein ganzes Weilchen.»

Debora sah sie an. «Was verstehst du denn unter Idealgewicht?»

«Na so, dass ich nicht dick bin.»

«Aber du bist ja gar nicht dick!»

«Doch, wenn ich in den Spiegel schaue, bin ich dick.»

Rocky stand auf und stellte sich vor den Schrankspiegel. «Komm!»

«Okay ...» Debora stellte sich neben sie.

«Siehst du, hier.» Rocky zeigte auf den straffen Bauch unter ihrem Top, wo sich Rippen und Hüftknochen abzeichneten.

Es verwirrte Debora, im Spiegel zwei schlanke Mädchen zu sehen, und die eine fand sich dick.

Verstohlen blickte sie an sich hinunter. Bisher hatte sie sich noch nie um solche Dinge gekümmert. Sie fühlte sich wohl in ihrer Haut. War das etwa nicht genug?

«Sieh dich einfach mal draußen um», sagte Rocky. «Wie sehen denn die ganzen Models auf den Plakaten aus? Im Fernsehen? Auf Instagram? In den Filmen?»

«Ja, schon ...» Debora fragte sich, ob sie vielleicht doch etwas mehr auf ihre Figur achten sollte.

Dann fiel ihr das Mädchen aus ihrer Klasse ein, das vor lauter Abnehmen fast gestorben wäre und in der Klinik

künstlich ernährt werden musste, um zu überleben. Bei dieser Endstation wollte sie nicht landen.

Sie wusste nicht mehr, was sie denken sollte. Und oft, wenn sie hin- und hergerissen war, überlegte sie sich, was Opa ihr wohl raten und für einen Tipp geben würde. Vermutlich würde er eine Geschichte von Jesus erzählen.

In diesem Fall etwa, dass Jesus gesagt hat: «Du sollst deinen Nächsten lieben wie dich selbst.»

Wie dich selbst – das hieß doch, man solle auch sich selbst lieben. Und wie konnte man das denn tun, wenn man ständig an sich herummäkelte und nicht zufrieden war, wie man war? Jemanden lieben hieß doch, ihn anzunehmen und zu ihm zu stehen, genau so, wie er war. Das galt doch auch für einen selbst.

Oder etwa nicht?

Rocky knipste vor dem Spiegel ein Bild von sich für Instagram und betrachtete es auf dem Handy. «Oh Mann, seh ich dick aus! Das muss ich bearbeiten.»

Sie wischte und tippte auf ihrem Handy herum. «Den Bauch mach ich kleiner … die Augen größer … Aber was mach ich mit den Haaren? Die sehen aus wie Fäden!»

«Lass das doch», sagte Debora. «Es gibt doch viel Wichtigeres als das Aussehen und dick und dünn.»

«Was denn sonst? Denkst du etwa, all die Models liegen falsch?»

«Klar sind viele Models dünn», antwortete Debora. «Aber das heißt doch nicht, dass ich das gut finden muss und auch so sein will. Ich will lieber ich selbst sein.»

Rocky stutzte und sah sie nachdenklich an.

Zwockel stand auf und tappte zum Bett. Er schob den Kopf darunter und winselte aufgeregt.

«Komm da weg!», fuhr Rocky ihn an. «Los, weg da!»

Doch der Hund ließ nicht locker und schnüffelte neugierig weiter.

«Was ist denn da?» Debora bückte sich und schaute unters Bett.

«Öh?» Erstaunt zog sie einen großen Müllbeutel hervor. Darin lagen angebrochene Kekspackungen, Schokoladetafeln, Tüten mit Chips und Erdnüssen … sogar eine halbgegessene Pizza war dabei.

Debora musterte Rocky.

Das Mädchen blickte beschämt zur Seite. «Ähm … Die haben wohl das Zimmer schon zwei Jahre nicht mehr geputzt!»

«Die Pizza ist aber noch keinen Tag alt», murmelte Debora.

Rocky sah zu Boden. «Ich muss mich mal beim Zimmerservice beschweren …»

Zwockel schnupperte nun noch aufgeregter an dem Müllbeutel. Der Schinken von der Pizza roch wohl ziemlich verlockend …

Entschlossen griff Rocky nach dem Beutel und warf ihn in einen Schrank.

Darin bemerkte Debora weitere Sachen zum Essen auf den Regalen.

Schnell knallte das Mädchen den Schrank zu.

Rocky hastete durchs Zimmer und schloss sich im Bad ein. Debora fragte sich, weshalb das Mädchen so viele Esswaren im Zimmer hatte. Die konnte sie ja wohl nicht alle selbst essen und trotzdem so schlank sein …

Zwockel schnüffelte weiter neugierig im Raum herum.

Aus dem Klo drangen seltsame Geräusche. Es klang wie Husten.

Als Zwockel an Rockys Handtasche schnupperte, fiel sie um, und einige Dinge glitten heraus.

Angebissene Schokoriegel.

Halb volle Gummibärchen-Tüten.

Leere Erdnussbeutel.

Und eine Pipette, die noch ungeöffnet in Plastik eingeschweißt war.

Debora hielt die Luft an.

Die Pipette sah genauso aus wie das Glasröhrchen, das Mirko in Nickys Künstlergarderobe eingesteckt hatte.

Ob er die Pipette dort wohl für Rocky wegräumte?

Hatte er etwas damit zu tun?

Und wenn ja, was?

In diesem Moment ging die Klospülung.

Schnell stopfte Debora alles wieder in die Handtasche.

Sie setzte sich aufs Bett zurück und fragte sich wegen der Pipette, was Rocky mit der Gift-Geschichte zu tun haben könnte. Dass sie ihren Bruder vergiftet hatte, konnte ja wohl nicht sein. Das war einfach nicht möglich.

Rocky kam mit frisch geputzten Zähnen aus dem Bad, und Debora ging zur Tür. «Ich muss los, ich treffe mich um vier mit jemandem am Fluss.»

«Okay.» Rocky beugte sich zu Zwockel runter und tätschelte seinen Rücken. «Ich geh auch gleich weg, Nicky im Krankenhaus besuchen. Ich will wissen, wie's ihm geht und ein wenig bei ihm sein.»

«Lass ihn lieb von mir grüßen.» Debora öffnete die Tür. «Komm, Zwockel, wir gehen.»

Der Hund war sofort an ihrer Seite.

Debora schaute noch mal zurück durchs Zimmer. In den großen Fensterscheiben sah sie ihr Spiegelbild.

Sie lächelte sich zu.

Du bist okay, wie du bist.

Ganz egal, was die anderen denken.

Ich bin ich.

Und genau so ist es gut.

Überraschung am Fluss

15

Debora ging in der drückenden Nachmittagshitze am Fluss entlang und schaute sich aufmerksam um.

Von Mirko war keine Spur zu sehen.

Sie fragte sich, warum er sich ausgerechnet an so einer einsamen Stelle mit ihr treffen wollte. An einem Ort, wo nie jemand vorbeikam …

Vorsichtig trottete sie auf die Sandbank zu. Diese breitete sich jetzt viel weiter aus als früher. Dafür war der Fluss deutlich schmaler und führte viel weniger Wasser. An einigen Stellen bildeten sich sogar richtige kleine Inseln und traten Steine oder Steingruppen hervor.

Mirko saß am Ufer auf einem Felsbrocken und blickte aufs glitzernde Wasser hinaus.

Langsam ging Debora auf ihn zu und schaute sich um. In der ganzen Gegend war niemand zu sehen.

Keine Menschenseele.

Außer hinter einem großen Felsen am ausgetrockneten Flussbord. Dort lauerten in einem Versteck zwei Menschen: Ein Junge und ein Mädchen. Und ein Hund.

Simon und Raffi winkten ihr kurz zu. Sie waren bereit, sofort einzugreifen, falls irgendetwas wäre.

Was Debora nicht hoffte. Aber sicher war sicher.

Sie umrundete Miko, stellte sich vor ihn hin und kam gleich zur Sache. «Warum hast du in Nickys Garderobe die Pipette eingesteckt?»

«Hör zu.» Er sah ihr in die Augen.

«Ich hatte den Auftrag, einen Rundgang zu machen und zu schauen, ob alles in Ordnung ist. Da habe ich die Pipette entdeckt und sie aus Sicherheitsgründen entfernt, falls sie irgendwas mit Nickys Übelkeit zu tun haben könnte.»

«Okay.» Debora streckte die Hand aus. «Gib sie mir bitte. Sie ist wichtig.»

«Dass das Teil anscheinend wichtig ist, ist mir inzwischen auch schon aufgefallen. Vorhin kam Rocky zu mir und drohte mir, falls ich ihr die Pipette nicht gebe.»

«Was?» Debora starrte ihn an. «Und? Hast du sie ihr gegeben?»

«Warum sind denn plötzlich alle so scharf auf diese Pipette?»

«Ganz einfach – wenn sie das Gift enthielt, das Nicky umwarf, würde sie vielleicht zum Täter führen.»

«Oder zur Täterin.» Mirko sah Debora vielsagend an.

Sie nickte. Rocky war ganz gewiss in die Sache verwickelt, das stand fest. Zuerst einmal verfügte sie über solche Pipetten. Und dann drängte sie auch noch Mirko dazu, ihr das sichergestellte Glasröhrchen zu geben. Rocky steckte eindeutig in der Sache drin, das war klar. Bloß, wie?

«Schade», seufzte Debora schließlich. «Wenn du Rocky die Pipette gegeben hast, ist dieser Beweis jetzt leider weg.»

Mirko stand auf. Doch dann hielt er inne. «Ähm ...» Zögernd setzte er sich wieder hin. «Da ist noch was anderes», druckste er herum. «Deshalb wollte ich allein mit dir reden, wenn niemand dabei ist.»

Debora horchte auf. Abwartend musterte sie ihn.

«Bei der Sache in der Bande damals», begann Mirko. «Da hab ich mich echt mies benommen. Ich wollte dir das schon lange sagen. Im Jugendknast hatte ich Zeit ohne Ende, um über alles nachzudenken. Es tut mir leid, was ich damals getan habe. Wirklich leid. Glaubst du mir das?»

Debora schluckte sprachlos. Damit hatte sie jetzt nicht gerechnet.

Dann nickte sie. «Ja, ich glaube dir. Ich ...»

«Dein Manuel kann sich glücklich schätzen», sagte Mirko. «Hätte ich das damals schon erkannt und nicht einfach nur ein Spiel mit dir gespielt ... Ich war so dumm!»

Er stand wieder auf. «So, jetzt muss ich los, die Pause ist gleich zu Ende. Ich will nicht zu spät kommen und damit den Job riskieren. Ich möchte ihn unbedingt behalten. Es ist mein Traumjob.»

«Das verstehe ich», sagte Debora. «Danke, dass du gekommen bist.»

Mirko nickte und eilte davon.

In Debora stieg ein Gefühl auf, das sie nicht einordnen konnte. Eine Mischung aus verschiedenen Empfindungen. Ein wildes Gefühls-Durcheinander.

Mirko blieb am Rand der Sandbank stehen und drehte sich noch mal um. «Ach ja!», rief er. «Wenn ich etwas zur Wahrheitsfindung beitragen kann, dann tu ich das gern.»

Er griff in die Innentasche seiner Security-Uniform und holte die Pipette heraus. «Hier, nimm sie!»

Debora lief überrascht zu ihm hinüber.

Sie nahm das Glasröhrchen aus seiner Hand und schaute ihn an.

Die beiden blickten sich in die Augen.

Lange.

Seine Entschuldigung für sein Verhalten von früher löste etwas in ihr aus.

Es half ihr, über den Schmerz endgültig hinwegzukommen und sich endlich mit der Sache von damals zu versöhnen.

Es fühlte sich richtig gut an.

Mirko lächelte.

Dann drehte er sich um und eilte davon.

Die Kids kamen mit Zwockel hinter dem Felsen hervor, und Debora zeigte ihnen die Pipette.

Simon betrachtete das Glasröhrchen beeindruckt. «Dadurch, dass Mirko die uns gibt, beweist er eindeutig, dass er sich geändert hat.»

Debora nickte. «Und er gibt sie uns sogar, obwohl Rocky ihn bedroht hat – er ist ein großes Risiko eingegangen, ihr das Teil nicht zu geben, sondern uns.»

«Respekt», staunte Raffi. «Alle Achtung.»

«Wirklich stark», bekräftigte Simon. «Und damit ist auch klar, dass Mirko nichts mit der Vergiftung zu tun hat. Sonst hätte er uns bestimmt nicht die Pipette gegeben, wenn sie ihn als Täter verraten würde. Jetzt bleibt eigentlich nur noch eine Verdächtige ...»

«So unglaublich es ist», murmelte Debora. «Rocky hat solche Pipetten und wollte die von Mirko unbedingt haben – also muss Rocky was mit Nickys Vergiftung zu tun haben, was auch immer.»

Raffi schaute Debora mit gerunzelter Stirn an. «Aber warum sollte sie ihren Bruder vergiften?»

«Das ist mir völlig rätselhaft», antwortete Debora. «Doch wenn es tatsächlich so ist, wüsste ich es zu gern.»

«Ich auch», sagte Simon. «Und falls sie es wirklich war, müssen wir sie unbedingt stoppen, um Nicky vor weiterem Schaden zu bewahren. Sie könnte es ja jederzeit wieder tun, sie ist ja immer in Nickys Nähe und hätte damit endlos viele Gelegenheiten, ihn zu vergiften.»

«Aber wie könnten wir sie denn stoppen?»

«Gute Frage.» Simon blickte auf seine Uhr. «Oh, ich muss wieder zum Bühnenaufbau. Die Fernsehleute machen immer mehr Druck, damit alles rechtzeitig für die große Show heute Abend bereit ist. Bis später.»

Sie klatschten sich ab, und der Junge eilte los.

Dann sah Debora ihre kleine Schwester an. «Es gibt nur eins, wie wir Rocky aufhalten könnten. Wir müssen ihr Hotelzimmer durchsuchen, um Beweise zu finden – vielleicht sogar das Gift, das sie Nicky gegeben hat. Denn mit Beweisen könnten wir die Polizei einschalten und Rocky so aus dem Verkehr ziehen.»

Raffi musterte sie. «Rockys Hotelzimmer durchsuchen, okay – aber wie könnten wir denn da reinkommen?»

«Hmm ...» Debora schaute in die Ferne und überlegte.

Plötzlich blitzte etwas in ihren Augen auf. «Ich glaube, ich habe eine Idee!»

Im Krankenzimmer setzte sich Rocky an den Rand von Nickys Bett und beugte sich zu ihm vor.

«Wie geht es dir?»

«Besser», murmelte er. «Vielleicht schaffe ich es doch, heute Abend dabei zu sein.»

«Dann kann die Show also stattfinden?»

«Die TV-Show?» Er sah auf. «Die findet so oder so statt.»

Rocky runzelte die Stirn. «Wie sollte sie denn, wenn du gar nicht dabei bist und auftrittst?»

«Ganz einfach, dann spielen sie eben eine Aufnahme von meiner letzten Probe ein. Oder sie machen eine Live-

Schaltung hier ins Krankenzimmer, oder was ihnen halt sonst einfällt. Das wäre überhaupt kein Problem fürs Fernsehen. Im Gegenteil – so hätten sie wohl sogar noch höhere Einschaltquoten.»

«Das ist ja voll daneben!», stieß Rocky heiser hervor.

«So ist es nun mal. Für die Show braucht es mich nicht. Aber ich will unbedingt dabei sein.» Nicky richtete sich in seinem Bett auf. «Ich hab so lange auf diesen Auftritt hingearbeitet, und jetzt ist er da. Das lasse ich mir wirklich nicht nehmen!»

«Okay ...» Rocky holte aus ihrer Tasche eine Schachtel Pralinen heraus, riss sie auf und hielt sie Nicky hin. «Hier, das wird dir guttun!»

Er schüttelte den Kopf. «Danke, ich hab am Mittag hier eine Mahlzeit bekommen.»

Rocky nahm sich selbst eine Praline. «Nimm doch auch!», mampfte sie und stopfte sich gleich noch zwei weitere in den Mund.

Nicky betrachtete sie besorgt. «Ich mache mir ein bisschen Sorgen um dich, Schwesterchen. Wie kannst du so viel Süßes essen und dabei trotzdem so dünn bleiben? Wie ist das denn möglich?»

Rocky stand auf.

Eine Weile lang schaute sie aus dem Fenster.

Dann fasste sie einen Entschluss.

Sie holte tief Luft.

Drehte sich um.

Und ...

... im letzten Moment überlegte sie es sich anders.

Ihre Schultern sackten zusammen.

Wortlos wandte sie sich dem Krankenbett zu.

Und blickte ihren Bruder entmutigt an. «Ich muss jetzt wieder los. Ich drück dir die Daumen, dass heute Abend alles klappt.»

«Danke.» Nicky versuchte zu lächeln. «Ich schaffe das. Ich will das. Wer bin ich denn, wenn ich nicht auf der Bühne bin?»

Gefährliche Eindringlinge

16

Vor der Konzerthalle reihte sich Simon in der brütenden Hitze ein in die Schlange der Eingangs-Kontrolle.

Diesmal prüfte Mirkos Kollege die Ausweiskarten.

Vor Simon stand der Mann mit der gelben Leuchtweste und der umgehängten Werkzeugtasche mit dem Aufdruck des Elektro-Hausdiensts. Er hielt einen Badge hoch.

Der Security beugte sich vor und musterte den Ausweis genau. «Okay», sagte er. «In Ordnung.»

Der Mann in der Leuchtweste ging mit gesenktem Kopf weiter.

Simon zeigte seinen Badge vor und trat hinter dem Mann in die Halle.

Auf dem Weg zur Bühne bemerkte er, dass der Westenträger nicht zur Elektroanlage eilte, sondern durch einen dunklen Flur zum Seiteneingang.

Das fand Simon seltsam. Der Typ hatte doch behauptet, er müsse an der Stromanlage irgendwas flicken …

Vorsichtig folgte Simon dem Mann den finsteren Flur entlang.

Der Typ blieb bei einem Notausgang stehen und sah sich misstrauisch um.

Schnell trat Simon in eine Nische.

Der Westenträger öffnete den Ausgang, und sofort drängten mehrere Leute in gelben Leuchtwesten herein.

«Alles klar?», fragte eine Frau mit kurzen Haaren.

Der Mann nickte. «Gut, dass du so einen Badge auftreiben konntest. Die hätten mich sonst tatsächlich nicht reingelassen.»

«Dafür hat man Beziehungen», lächelte sie. «Wo können wir denn jetzt die Stromleitung durchschnippeln?»

«Keine Ahnung. Wir müssen die Elektroanlage suchen.»

«Also, nichts wie los!»

Simon hielt die Luft an. Wenn diese Leute die Starkstromleitung durchschnitten, konnte dabei ein Kurzschluss mit Funkensprühen einen Großbrand auslösen.

Die ganze Halle mit den Nebelmaschinen-Chemikalien und den zahllosen Technikgeräten könnte abbrennen – oder sogar explodieren ...

Fieberhaft überlegte er, was er tun sollte.

Er musste Hilfe holen, das war klar. Und zwar so schnell wie möglich.

Die Polizei war nicht in der Nähe. Aber die Security schon ...

Hastig nahm er sein Handy heraus und rief Mirko an. Als der dranging, schilderte er ihm kurz die Lage. «Trommle ein paar von deinen Security-Kollegen zusammen. Inzwischen folge ich den Leuten, damit wir wissen, wo sie sind. Wenn ihr dann so weit seid, könnt ihr sie euch schnappen ... Ich rufe dich wieder an!»

Simon steckte das Handy ein und huschte den Westenträgern in sicherem Abstand hinterher.

Die Eindringlinge eilten durch halbdunkle Gänge und schauten sich suchend um.

Während Simon ihnen folgte, kam er an einem offenen Schrank mit Berufskleidern und Leuchtwesten vorbei.

An der folgenden Abzweigung merkte er, dass die Fremden nur noch in den nächsten Seitengang einbiegen müssten – dann wären sie bei der Stromanlage.

So weit durfte es nicht kommen!

Vorne packte der Anführer bereits eine große Heckenschere mit isolierten Handgriffen aus. «Ein Mordsding», brummte er. «Damit können wir die dickste Stromleitung durchschneiden. Die Fernseh-Leute werden schön staunen – ohne Strom läuft hier gar nichts, wir legen die ganze

Halle lahm und heute Abend herrscht in der Glotze Mattscheibe.»

«Super!» Eine Frau klopfte ihm auf den Rücken. «Endlich mal handeln, statt immer nur zu reden. Es ist höchste Zeit, fürs Klima wirklich was zu tun!»

«Genau», pflichtete der Mann bei. «Demonstrieren nützt überhaupt nichts. Jetzt muss was passieren!»

Die Westenträger waren nun nicht mehr weit von dem Seitengang zur Elektroanlage entfernt.

Simon musste etwas unternehmen.

Und zwar schnell.

Die Frage war bloß, was.

Da fasste Simon einen Entschluss. Rasch ging er zu dem Schrank mit den Berufskleidern zurück und holte eine Leuchtweste heraus. Während er sie sich überzog, hastete er wieder zu den Eindringlingen.

Dort stellte er sich leise zu ihnen, als wäre er schon die ganze Zeit hier.

Die kurzhaarige Frau seufzte ungeduldig. «Wo können wir denn jetzt endlich die Hauptstromleitung kappen?»

«Die Hauptstromleitung?», sagte Simon so unauffällig wie möglich. «Die ist da vorne – den Gang hinauf, dann links.»

Der Anführer mit der Heckenschere schaute ihn an. «Warum hast du das denn nicht gleich gesagt? Wir starten hier eine Riesen-Aktion fürs Klima, und du träumst vor dich hin?»

Simon schluckte. «Ich …»

Bevor er weiterkam, meinte die Kurzhaarige: «Kennen wir den überhaupt?» Sie musterte Simon misstrauisch. «Ich kann mich gar nicht erinnern, den schon mal …»

«Los jetzt!», ging der Anführer dazwischen. «Zeigen wir's den Klimakillern – drehen wir ihnen den Saft ab!»

Entschlossen stapfte er den Flur entlang los, die anderen hinterher.

Simon blies unmerklich Luft aus und folgte ihnen den finsteren Gang hinauf.

Bloß weg von der Elektroanlage, das war jetzt erst mal das Wichtigste.

Was er danach tun würde – davon hatte er noch nicht die geringste Ahnung.

Als Erstes musste Simon irgendwie an Mirko durchgeben, wo sie waren.

Unauffällig fingerte er sein Handy aus der Tasche, drückte auf Wahlwiederholung und behielt das Telefon in der herabhängenden Hand.

Als Mirko dranging, sagte Simon sehr laut zu den Westenträgern: «Wir müssen da vorne links abbiegen, Leute, und dann an den Schränken mit den Gitarren vorbei!»

Er hoffte, dass Mirko das hören konnte.

Und dass die Securitys so schnell wie möglich kamen.

Denn die Gitarrenschränke waren nicht mehr weit entfernt.

Und gleich dahinter wäre dann der Gang zu Ende.

Spätestens dort würde auffliegen, dass da gar keine Stromanlage war.

Sondern nur eine Sackgasse, die nirgendwo hinführte.

Bis dahin war es nicht mehr weit.

Nur noch eine Frage der Zeit.

Die Sache konnte ganz schön gefährlich werden …

Draußen vor der Halle drückte Mirko sein Handy fester ans Ohr. «Ich kann dich nicht verstehen, Simon, sprich etwas lauter.»

Debora und Raffi kamen mit Zwockel aufmerksam näher.

Der Hund sah mit gespitzten Ohren und aufgestellten Nackenhaaren zum Halleneingang und knurrte bedrohlich.

«Da stimmt was nicht», meinte Raffi.

«Mhm.» Debora nickte. «Das gefällt mir überhaupt nicht.»

Die Mädchen wollten in die Halle.

Doch der zweite Security verstellte ihnen den Weg. «Der Hund darf nicht rein, wie oft soll ich euch das denn noch sagen?!»

Debora blickte ihn eindringlich an. «Aber diesmal geht's um was ganz Gefährliches!»

Mirko sprach daneben aufgeregt in sein Schultermikrofon. «Chef, wir wissen nicht, wo die Eindringlinge sind, aber Simon ist bei ihnen – und in Gefahr!»

Debora und Raffi schauten sich an. Dann nickten sie einander entschlossen zu.

Raffi bückte sich und ließ Zwockel von der Leine. «Such Simon, schnell!»

Zwockel raste los. Geschickt umkurvte er den Security und verschwand in der Halle.

Mirko sah dem Hund nach. «Okay, so finden wir Simon vielleicht!»

Hastig rannte er Zwockel hinterher.

In der Halle schlossen sich ihm weitere Sicherheitsleute an.

Alle stürmten den Gang entlang und versuchten, den pfeilschnellen Hund nicht aus den Augen zu verlieren.

Drinnen hatte Simon das Ende des finsteren Flurs inzwischen erreicht.

Die Westenträger blieben stehen und sahen sich um. «Wo ist denn jetzt die Elektroanlage? Hier gibt's ja weit und breit keine Stromleitungen!»

«Seht ihr!», zischte die Kurzhaarige. «Ich hab's euch doch gesagt! Der Typ gehört gar nicht zu uns. Den hab ich jedenfalls noch nie gesehen!»

«Stimmt – schaut mal!» Ein Mann griff nach Simons Weste. «Die sieht zwar ähnlich aus wie unsere, aber das ist keine von uns!»

«Ach, so ist das!» Der Anführer trat bedrohlich vor Simon hin. «Hast du etwa gedacht, du könntest uns für dumm verkaufen? Du führst uns jetzt auf der Stelle zur Stromanlage, sonst ...»

Die Eindringlinge schlossen einen Kreis um Simon.

Gehetzt blickte er den Gang hinauf.

Doch von Mirko und den Security-Leuten war keine Spur zu sehen.

Wo blieben die denn bloß? Die müssten doch längst hier sein!

Simon brach der Schweiß aus. Er wusste nur eins: Er durfte unter keinen Umständen den Standort der Elektroanlage verraten, sonst würde hier was ganz Schlimmes geschehen.

Die Westenträger traten immer näher um ihn und starrten ihn aus gefährlich flackernden Augen an.

Er spürte ihren Atem im Gesicht.

Sie umringten ihn nun so dicht, dass er keine Chance mehr zur Flucht hatte.

Er konnte weder vor noch zurück.

Er war gefangen.

In diesem Moment sah Simon aus den Augenwinkeln einen Schatten durch den Flur heranschießen.

Den Schatten eines Hundes.

Zwockel sprang an dem Anführer hoch und brachte ihn aus dem Gleichgewicht.

Nun kamen auch die Securitys angestürmt.

Die Westenträger versuchten zu flüchten, doch sie saßen in der Falle.

Trotzdem wehrten sie sich heftig, und es entstand ein wildes Handgemenge.

Nach einer zähen Rauferei schafften es Mirko und die Sicherheitsleute schließlich, die Eindringlinge zu überwältigen.

«So, und jetzt bringen wir euch zur Polizei», sagte der Security-Chef beim Abführen. «Das wird euch ganz schön teuer zu stehen kommen – unerlaubtes Eindringen in die Halle, ein versuchter Anschlag aufs Stromnetz und Körperverletzung eines Staff-Mitglieds ... In eurer Haut möchte ich nicht stecken!»

«Wir kämpfen fürs Klima – auch für euch!», stieß die

kurzhaarige Frau hervor. «Denkt daran, wenn's dann mal keine Luft und kein Wasser mehr gibt für eure Kinder!»

«Schon klar, ihr wollt die Welt retten», sagte der Security-Chef. «Das ist gut und recht – aber man kann nicht durch Zerstören etwas retten.»

Simon schaute den Leuten hinterher. Er war noch ganz außer Atem.

Mirko blieb bei ihm zurück. «Alles okay?»

Simon nickte. «War ganz schön knapp – einen Moment lang dachte ich, du kommst zu spät ...»

«Tut mir leid. Als Zwockel losraste, sind wir ihm gleich gefolgt.»

Simon klopfte dem Hund liebevoll aufs Fell. «Gut gemacht, Zwockel! Du hast mich gerettet!»

Der Hund sah mit treuem Blick zu ihm auf.

«Und du natürlich auch», sagte Simon zu Mirko. «Ohne dich wäre das Ganze nicht gut ausgegangen.»

Mirko lächelte. «Gerne. Durch deinen Einsatz konnten wir einen Anschlag auf die Halle verhindern. Und mein Chef wird nicht vergessen, dass ich den entscheidenden Security-Einsatz ausgelöst habe. Dank dir war das möglich – das hätte ich nie gedacht von dir.»

«Tja, was hast du denn von mir gedacht?»

Mirko seufzte. «Dass du der Typ bist, der mich in den Jugendknast gebracht hat. Der immer alles richtig macht und nie was falsch. Dass du mich damals bei dem Banfits-Anschlag auf die Bahngleise und den Güterzug geschnappt hast ...»

Simon schaute ihn an. «Und jetzt?»

«Also …» Mirko überlegte. «Wie du vorhin diese Typen in die Falle gelockt hast – das braucht schon ganz schön Mut. Respekt, Mann!»

Simon hielt ihm die flache Hand hin. «Genau das denk ich auch von dir. Respekt!»

Mirko klatschte lachend auf Simons Hand. «Alles klar, Mann!»

Der Trick der Mädchen

17

Debora und Raffi waren inzwischen unterwegs, um in Rockys Hotelzimmer nach den Spuren und Beweisen für Nickys Vergiftung zu suchen.

Doch dazu mussten sie erst mal unbemerkt ins Zimmer hineingelangen …

Mit pochendem Herzen klopfte Raffi im neunten Stock an Rockys Tür, während Debora sich hinter einer Ecke versteckte.

Raffi musste eine ganze Weile warten.

Dann öffnete Rocky und schaute die Kleine erstaunt an. «Du?»

Raffi fiel auf, dass Rockys Atem nach Zahnpasta roch.

«Hallo», sagte sie. «Kommst du bitte schnell in die Halle runter? Zwockel ist im Hotel-Hundesitting und hat eine Überraschung für dich!»

«Eine Überraschung? Was denn für eine Überraschung?»

«Er hat eine Rose aus dem Blumengeschäft unserer Eltern im Maul und will damit für ein Instagram-Bild mit dir posieren!»

Rocky schmunzelte. «Das ist aber lieb von ihm … Okay, gehen wir.»

Sie trat in den Flur und schlenderte in Richtung der Aufzüge.

Raffi legte unauffällig ein Steinchen in den Türrahmen, damit das Schloss nicht einrasten konnte.

Dann folgte sie Rocky zum Fahrstuhl.

Kaum waren die beiden Mädchen im Lift, kam Debora hinter der Ecke hervor. Sie huschte durch den Flur, trat in Rockys Zimmer und zog die Tür ganz hinter sich zu.

Hastig durchsuchte Debora den kühlen Raum. Unter dem Bett fand sie schon neue Packungen von Esswaren: Familientüten Paprika-Chips, Beutel mit Nuss-Schokokugeln, Keksmischungen ...

Auch im Papierkorb lagen leere Schachteln.

Debora fragte sich immer mehr, was das bedeutete.

Im hinteren Teil des Raums befand sich ein begehbarer Kleiderschrank. Wenn man ihn betrat, war man wie in einem zweiten Zimmer. Hier hingen viele Kleider, Blusen und Hosen. Schicke, enge, oft auch bauchfreie Sachen.

Doch Debora fand auch hier nichts Verdächtiges, das mit Nickys Vergiftung zu tun hatte.

Sie trat zurück ins Zimmer.

Jetzt blieb nur noch das Bad.

Da Rocky jeden Moment zurückkehren konnte, zögerte Debora.

Doch dann eilte sie trotzdem ins Badezimmer und sah sich hastig um.

Als sie den Spiegelschrank öffnete, hielt sie den Atem an.

In einem Fach lagen mehrere ungeöffnete Packungen mit Pipetten.

Und daneben stand eine Medikamenten-Flasche mit dem Aufdruck *Emetikum. Zum Erbrechen. Löst mit 30 Minuten Verzögerung starkes Erbrechen aus. Vorsicht: Kann bei Überdosierung zu Vergiftung führen.*

Schlagartig wurde Debora alles klar. Deshalb also konnte Rocky so viel essen und war trotzdem gertenschlank: Sie nahm Brechmittel und erbrach alles Gegessene, bevor der Körper es verwerten konnte. Rocky litt an einer Ess-Brech-Sucht. So nahm sie eher ab als zu.

Und ein weiteres Licht ging Debora auf. Die Pipetten benötigte Rocky, um die Brechmittel-Flüssigkeit aus dem Medikamenten-Fläschchen in ihr jeweiliges Getränk zu spritzen.

So musste es gelaufen sein! Nicky hatte in der Künstlergarderobe ein Getränk erwischt, das Rocky für sich vorbereitet hatte. Und eine halbe Stunde später erbrach er sich ohne Ende …

Debora nickte. Jetzt ergab plötzlich alles einen Sinn.

In diesem Moment hörte sie draußen ein Geräusch.

Die Hotelzimmertür ging auf.

Geschockt hielt Debora die Luft an.

Dann sah sie sich gehetzt im Bad um.

Ihr Blick blieb am Duschvorhang hängen.

Im Hotelflur versuchte Raffi verzweifelt, Rocky davon abzuhalten, ins Zimmer hineinzugehen.

Doch sie schaffte es nicht.

Rocky schob Raffi zur Seite, trat ein und blieb sofort stehen. «Merkwürdig ...», murmelte sie heiser und sah sich um. «Es kommt mir vor, als wäre jemand hier gewesen ... oder als wäre die Person immer noch da!»

Rasch bückte sie sich und schaute unters Bett.

Dort war niemand.

Dann ging sie zu einem Wandschrank.

Lautlos umfasste sie den Griff und ... riss die Tür mit einem Ruck auf.

Niemand war drin. Der Schrank war bis auf den Müllbeutel und die vielen Esswaren-Packungen vollkommen leer.

Derweil streifte Raffis Blick das Bad. Da sah sie durch die halb offene Tür, wie Debora hinter dem Duschvorhang hervorlinste und hektisch zur Seite deutete.

Die Kleine begriff sofort, was sie ihr damit sagen wollte.

«Hey, Rocky!», rief Raffi begeistert. «Du hast ja sogar einen begehbaren Kleiderschrank!»

Mit raschen Schritten ging sie durchs Zimmer und verschwand in dem Ankleideraum.

Doch Rocky blieb beim Bett stehen.

«Woa», machte Raffi inmitten der modischen Kleiderauswahl. «Du hast aber schöne Sachen!»

«Ich brauch oft was Neues», murmelte Rocky. «Das Zeug ist mir bald wieder zu weit.»

«Darf ich mal was anprobieren?»

Rocky schmunzelte. «Warum nicht?»

Die Kleine nahm eine Bluse vom Haken und schlüpfte hinein. «Und, wie seh ich aus?»

Rocky schmunzelte noch mehr. «Ist dir ein bisschen zu groß.»

«Von da draußen kannst du's ja gar nicht richtig sehen», sagte Raffi unschuldig. «Komm doch näher – komm rein!»

«Wenn du meinst ...» Seufzend trat Rocky in den Seitenraum.

Auf diesen Moment hatte Debora im Badezimmer gewartet.

Schock im Hotel

18

Leise stieg Debora aus der Dusche und huschte zur Badtür.

Dort spähte sie vorsichtig um die Ecke.

Das Hotelzimmer war leer. Beide Mädchen standen drüben im angrenzenden Kleiderraum.

Lautlos trat Debora ins Zimmer.

Da sagte Rocky im Ankleideraum: «Komm, Raffi, wir gehen wieder raus!»

Geschockt sprang Debora zurück ins Bad.

In diesem Moment rief Raffi drüben: «Warte! Darf ich dieses Glitzer-Top und die Stöckelschuhe mal anziehen?»

«Das willst du anziehen?», fragte Rocky verblüfft.

«Ja, das sieht bestimmt lustig aus.»

«Kann ich mir vorstellen», fand Rocky.

Das fand Debora im Bad auch. Wenigstens musste Raffi nicht lügen – das wollte die Kleine ja auch sonst nie.

Debora holte tief Luft und setzte erneut einen Fuß ins Zimmer.

Und diesmal kam sie weiter. Leise schlich sie in Richtung Tür.

«Sieht echt witzig aus», sagte Rocky im Seitenraum. «Aber jetzt reicht's – die Modeschau ist vorbei.»

Ihre Schritte näherten sich dem Zimmer.

Debora blieb wie angewurzelt stehen.

Was sollte sie sagen, wenn Rocky sie hier erwischte?

Sie hatte keine Ahnung.

Da rief die Kleine drüben: «Nein, Rocky, warte!»

Rockys Schritte hielten an. «Was denn?»

«Nur noch dieses Kleidchen», bettelte Raffi. «Bitte, bitte, bitte!»

Rocky zögerte.

Debora auch. Sollte sie es wagen, weiter zur Tür zu huschen? Sie war nur noch wenige Schritte davon entfernt.

Oder sollte sie zurück ins Bad? Das wäre etwa gleich weit weg ...

Sie konnte sich nicht entscheiden.

Zur Tür oder zum Bad?

Sie konnte sich einfach nicht entscheiden.

Rocky trat aus dem Kleiderraum zurück ins Zimmer.

Es war leer.

Trotzdem kam ihr die Sache noch immer seltsam vor.

Sie blieb stehen und dachte nach. «Ich hab doch alles

durchsucht», murmelte sie vor sich hin. «Oder doch nicht? Warte … Stimmt. Etwas fehlt noch. Das Bad.»

Raffi hielt die Luft an.

Zielstrebig ging Rocky durchs Zimmer und schob die halb offene Badtür auf.

Schaute hinein.

In dem Raum war niemand zu sehen.

Vorsichtig trat Rocky ein.

Raffi folgte ihr mit angehaltenem Atem.

Rocky ging lautlos zur Dusche.

Griff nach dem Vorhang.

Und … riss ihn mit einem Ruck zur Seite.

In diesem Augenblick schrien drei Mädchen gleichzeitig los.

Debora in der Dusche.

Rocky, die sie geschockt anstarrte.

Und Raffi, die entsetzt darüber war, dass Rocky Debora erwischt hatte.

Rocky hörte langsam auf zu schreien. Zitternd blies sie Luft aus.

Noch immer ganz blass, sah sie sich im Bad um.

Dabei fiel ihr Blick auf den offenen Spiegelschrank mit den Pipetten und der Brechmittel-Flasche.

Ihre Augen weiteten sich. Ihr wurde klar, dass sie aufgeflogen war.

Sie schnappte nach Luft.

Dann drehte sie sich um. Und rannte los.

An Raffi vorbei, durchs Zimmer und in den Hotelflur hinaus.

Debora und Raffi starrten sich an. Debora fasste sich als Erste wieder.

«Los!», stieß sie hervor. «Ihr nach!»

Die Mädchen sausten zur Tür und sahen in den Gang hinaus.

Rocky war bereits bei den Aufzügen und riss die Lifttür auf.

Das heißt, sie *wollte* die Tür aufreißen.

Doch das ging nicht.

Denn es war gar kein Fahrstuhl da.

Während Debora und Raffi den Flur entlang rannten, hämmerte Rocky verzweifelt auf die Tasten ein.

In diesem Moment kam der Aufzug.

Rocky zerrte die Tür auf und sprang hinein.

Da erreichten die Mädchen den Fahrstuhl.

Hastig zogen sie am Türgriff.

Doch es war zu spät.

Der Lift fuhr los in die Tiefe.

Debora und Raffi schauten sich an.

Sie brauchten nicht länger als einen Atemzug zum Treppenhaus.

Hektisch raste Debora die Stufen hinab.

Raffi setzte sich aufs Geländer und ließ sich in die Tiefe gleiten. Dabei überholte sie Debora.

Unten sprang die Kleine ab und sauste um den Treppenabsatz herum. Dann starteten beide wieder gleichauf hinunter ins nächste Stockwerk.

Sie waren ungefähr gleich schnell. Die Frage war bloß, ob sie Rocky noch erwischen würden.

Auf jedem Stockwerk sahen Raffi und Debora die Anzeige des Aufzugs. Jetzt leuchtete gerade die Fünf auf – der Fahrstuhl war also schon zwei Etagen tiefer als sie.

«Das schaffen wir nicht mehr!», keuchte Raffi und sprang aufs Geländer der nächsten Treppe.

«Sieht ganz so aus», rief Debora. «Aber wir versuchen's trotzdem!»

Im übernächsten Stock sahen sie gerade noch die Lifttür zufallen und den Aufzug wieder losfahren.

«Da hat jemand den Fahrstuhl angehalten und ist eingestiegen!», schnaufte Debora. «Dadurch hat Rocky Zeit verloren!»

«Super!» Raffi stieg aufs nächste Geländer und sauste in die Tiefe. «Vielleicht kriegen wir sie ja doch noch!»

«Genau!» Debora hetzte weiter die Stufen hinab.

Doch die Anzeige des Lifts leuchtete unerbittlich immer tiefer auf.

Drei.

Zwei.

Eins.

Ein Notfall

19

Völlig außer Atem kamen Debora und Raffi im Erdgeschoss an.

Rocky rannte gerade durch die gekühlte Hotelhalle zum Ausgang.

«Jetzt entwischt sie uns!», keuchte Raffi.

Doch vorne bei der Drehtür versperrte eine Familie mit Kinderwagen und Koffern den Weg. Rocky konnte nicht aus dem Haus fliehen.

Verzweifelt blickte sie sich um und sah Debora und Raffi auf sich zukommen.

Da bemerkte Rocky seitlich eine Treppe mit dem Schild PERSONAL.

Kurz entschlossen rannte sie die Treppe hinab.

Die Mädchen holten Zwockel im Hundesitting und hasteten dann ebenfalls in die Tiefe.

Unten schauten sie sich schwer atmend um.

Da war ein langer Gang nach links und rechts.

Doch der Gang war leer.

Von Rocky keine Spur.

«Dort!» Raffi zeigte auf eine Schwingtür, die eben zufiel.

Die Mädchen rannten mit Zwockel hin und rissen die Tür auf.

Dahinter war ein riesiger Raum mit vielen weiß gekleideten Leuten in emsigem Betrieb.

Die Hotelküche.

Alles war weiß: die Schürzen der Köchinnen, das Geschirr, die gekachelten Wände, die Mützen der Köche.

In dem Gewusel zwischen sprudelnden Töpfen und brutzelnden Pfannen war von Rocky weit und breit nichts zu sehen.

Debora und Raffi traten mit Zwockel ein. Sofort eilte die Küchenchefin auf sie zu. «Halt, das geht nicht!», rief sie. «Ihr dürft hier nicht rein, schon gar nicht mit dem Hund!»

«Aber ...» Debora schaute sich suchend um. «Haben Sie ein Mädchen gesehen? Sie könnte eben reingekommen sein ...»

«Ein Mädchen?» Die Küchenchefin musterte fragend die umstehenden Köche. «Hat jemand ein Mädchen gesehen?»

Alle schüttelten den Kopf und rührten weiter in ihren Töpfen. Sie waren so beschäftigt, dass sie kaum aufblickten.

Nur einer hob die Schultern. «Ja, da war eins – hab aber nicht weiter drauf geachtet – keine Zeit.»

«Sehen Sie!», stieß Debora hervor. «Rocky muss hier irgendwo sein!»

Zwockel spannte die Leine und wollte unbedingt in den Raum hinein.

Raffi hatte Mühe, ihn zurückzuhalten. «Er riecht was!», rief sie. «Er könnte uns mit seiner Spürnase zu dem Mädchen führen!»

«Das geht nicht», beharrte die Küchenchefin. «Hier drin muss alles blitzsauber bleiben, da dürfen keine Hunde rein. Vergesst es.»

Die Frau ging an den Mädchen vorbei zur Schwingtür und zog einen Flügel auf. «So, und jetzt raus mit euch!»

In diesem Moment geschah es.

Mit einem unbändigen Ruck riss sich Zwockel los und stürmte in die Großküche hinein.

Die Mädchen folgten dem Hund zwischen den staunenden Köchen und dampfenden Töpfen hindurch.

Ein Kellner trug drei appetitlich angerichtete Teller vor sich her und sah dadurch den Hund nicht auf sich zukommen.

Im letzten Moment wich Zwockel aus.

Doch es war schon zu spät.

Der Kellner zuckte vor Schreck zusammen, die Teller

fielen ihm aus den Händen und zersplitterten auf dem Boden in tausend Scherben.

Da war Zwockel schon wieder weiter.

Hechelnd hielt er an der Rückwand des Raums vor einem schmalen Schrank an und schnüffelte aufgeregt daran.

Unter den Blicken der Köche stiegen die Mädchen über die Tellerscherben am Boden und eilten zu Zwockel.

«Vielleicht ist Rocky da drin!», sagte Debora.

Ein Küchengehilfe schüttelte den Kopf. «Das ist der Besenschrank, da passt kein Mensch rein, viel zu schmal.»

Doch Zwockel schnupperte weiter aufgeregt und ließ sich nicht abbringen.

«Aber er riecht da was», beharrte Raffi. «Da muss was sein.»

Die Küchenchefin trat hinzu. «Also, damit ihr sehen könnt, dass niemand drin ist, mach ich den Schrank jetzt auf.»

Die Frau öffnete ihn.

Und hielt die Luft an.

Erstauntes Raunen ging durch den Raum.

Im Schrank stand Rocky eingequetscht zwischen Schrubbern und Besen.

Sie zitterte am ganzen Leib.

«Das gibt's ja nicht», murmelte die Küchenchefin entgeistert.

Debora trat vor Rocky hin. «Komm doch bitte raus, du bist ja völlig am Ende.»

Rocky schwieg und schlotterte mit bebenden Lippen vor sich hin.

Da streckte Debora die Arme aus. «Komm, ich helfe dir.»

Rocky schlug schwach nach Deboras Händen. Doch sie hatte schlicht keine Kraft mehr, sich zu wehren. Durch ihre Flucht war sie vollkommen entkräftet – sie hatte keine Energie-Reserven, weil sie ihr Essen ja immer erbrach, bevor es vom Körper aufgenommen werden konnte.

Debora griff ihr unter die Arme und half ihr, aus dem Schrank zu steigen.

Kaum draußen, knickten Rockys Knie ein.

Sie fiel zu Boden.

Und blieb liegen.

Das Mädchen machte keine Regung mehr.

«Wir brauchen den Sanitäter!», rief die Küchenchefin und wählte an ihrem Handy eine Kurznummer. «Du, es gibt hier einen Notfall! Ja, komm schnell!»

Endstation

20

Der Sanitäter trat in die Hotelküche und durchquerte eilig den großen Raum.

Vor Rocky kniete er sich nieder. Als er sah, dass sie ansprechbar war, half er ihr hoch.

Zusammen mit Debora stützte er sie unter den Blicken der Köchinnen und Köche zur Schwingtür. Raffi folgte ihnen mit Zwockel.

Draußen im Flur führte der Sanitäter Rocky in den Sanitätsraum des Hotels.

Dort konnte sie sich endlich auf eine Bahre legen.

Sie atmete heftig. Ihr Brustkorb hob und senkte sich, als hätte sie gerade einen Marathon hinter sich.

Sie war völlig ausgelaugt und erschöpft.

Hier war Endstation.

Sie wandte den Kopf zu Debora und Raffi. «Ich habe Nicky nicht vergiftet», hauchte sie schwach. «Das müsst ihr mir glauben.»

Debora nickte. «Wie ist es passiert?»

«Er hat meine Cola getrunken», murmelte Rocky. «Man

sieht so einem Getränk ja nicht an, dass ein Brechmittel drin ist … und schmecken tut man's auch nicht.»

«Ein Brechmittel?» Raffi schaute Rocky erstaunt an. «Wozu brauchst du denn ein Brechmittel?»

«Zum Schlanksein», sagte Rocky heiser. «Ich will doch ein Model werden. Damit in unserer Familie nicht nur Nicky ein Star ist …»

Sie schluckte. Holte tief Luft. Dann sprach sie leise weiter. «Ich hatte mir das Getränk in Nickys Garderobe heimlich zurechtgemacht. Dann kam plötzlich die Managerin rein. Ich wollte die Pipette in den Mülleimer werfen, aber das Ding fiel daneben und ich musste raus, weil mich die Managerin aus der Garderobe warf.»

«Und dann hat Nicky deine Cola getrunken», folgerte Raffi. «Und musste deswegen ins Krankenhaus …»

Rocky nickte schwach. «Ich nehme das Brechmittel inzwischen in einer so hohen Dosis, damit es überhaupt noch wirkt … das haut jemand anders völlig um.»

Debora musterte sie. «Warum hast du denn nichts gesagt? Dir muss ja schon bald klar geworden sein, dass Nicky wegen dem Brechmittel so übel war. Du hättest ihm vielleicht helfen können, wenn man früher gewusst hätte, was zu der Vergiftung geführt hat.»

«Ich weiß», murmelte Rocky. «Deswegen hab ich auch ein mega schlechtes Gewissen … Aber ich hab mich so geschämt. Und ich konnte ja nichts sagen, weil keiner wissen durfte, dass ich dieses Brechmittel nehme. Sonst wäre doch alles rausgekommen …»

Sie machte eine Pause und sah mit leerem Blick zur Decke hoch.

«Du hast eine Ess-Brech-Sucht», stellte der Sanitäter fest. «Damit machst du deinen Körper völlig kaputt. Du schädigst dein Herz und deine Stimme und ...»

«Ach so», warf Raffi ein. «Deshalb bist du immer so heiser!»

Der Sanitäter nickte. «Die aufsteigende Magensäure führt bei häufigem Erbrechen zu Speiseröhren-Entzündungen, das kann später auch zu Krebs führen ... Die ganze Sache ist sehr gefährlich. Magersucht ist die häufigste Todesursache bei Mädchen deines Alters! Diese Sucht ist eine schwere Krankheit.»

Rocky stöhnte. «Da komm ich nie alleine raus ...»

«Das stimmt, aber das musst du auch gar nicht», sagte der Sanitäter. «Ich kann dir eine Therapie vermitteln, wenn du willst. Und damit kannst du es schaffen.»

«Glauben Sie?» In Rockys Augen glomm ein Hoffnungsschimmer auf.

Vielleicht war hier ja doch noch nicht Endstation.

Debora und Raffi traten mit ihrem Badge um den Hals in die Stadthalle. Tiefer Bass wummerte ihnen durch die Gänge entgegen. Drinnen fanden sie Simon im dichten Gedränge vor der Bühne.

Diesmal durfte er selbst nicht mehr hoch.

Dies war keine Probe. Jetzt ging's los!

Nur noch die Kameraleute vom Fernsehen und einzelne Techniker hatten Zugang zur Bühne.

Der Auftritt begann mit den Tänzerinnen und allem Drum und Dran.

Die Musik drehte voll auf und dröhnte so laut aus dem nahen Boxenturm, dass Raffi die Stöpsel in die Ohren stopfte, die sie am Eingang bekommen hatte.

Die Licht-Show ließ alles in den schönsten Farben erstrahlen, und die Nebelmaschine strömte dichte Schwaden aus. Alles sah aus wie im Märchen.

Hinter dem Vorhang linsten Nicky und Rado heraus ins Publikum. Auf ein Zeichen des Fernsehteams trat Nicky hervor. Rado rief ihm nach: «Viel Glück, Bro!»

Als Nicky auf die Bühne kam, brandete ein Riesenapplaus auf.

Er war von Kopf bis Fuß in hautenges Weiß gekleidet und wirkte so gut drauf, als wäre nie etwas gewesen.

Er lächelte ins gleißende Scheinwerferlicht und trat ans Mikrofon.

Die Kaminski-Kids waren nicht die einzigen im Publikum, die in diesem Moment den Atem anhielten.

Wie würde Nicky klingen?

Wäre ihm anzuhören, dass er bis vor wenigen Stunden noch im Krankenhaus gelegen hatte und da noch gar nicht klar war, ob er überhaupt auftreten könnte?

Würden seine Kräfte für den Auftritt reichen?

Nicky setzte unter begeistertem Aufkreischen der Menge zum ersten Ton an.

Die Kids bliesen Luft aus.

Seine Stimme klang gut. Stark. Mit dem gewissen Schmelz, den seine Fans so liebten.

Dann drehte er noch mehr auf.

Seine Stimme füllte die Halle bis in den letzten Winkel.

Seine Bewegungen und Tanzschritte rissen alle mit.

Nicky schien in Hochform zu sein. Es sah aus, als wäre er noch nie in seinem Leben besser drauf gewesen.

Er blühte zu dem Star auf, den alle von TikTok und YouTube kannten.

Simon beugte sich zu Raffi und Debora. Über die dröhnende Musik hinweg rief er: «Nicky ist vorhin in seiner Garderobe voll aufgepäppelt worden. Da sah er noch ganz schwach aus.»

«Schon krass», sagte Debora. «Haben sie ihm irgendwelche Aufputschmittel gegeben?»

Simon nickte. «Die Managerin bestand darauf – und diesmal wehrte sich Rocky nicht für ihren Bruder.»

Gegen Ende des Songs schaute Nicky mit seinen leuchtend blauen Augen in die Kameras.

Bei jedem Augenaufschlag schmolzen die Fans in der Halle und daheim vor den Bildschirmen. Die Mädchen im Publikum begannen noch lauter zu kreischen.

Strahlend zog Nicky seinen Auftritt durch. In diesem Moment war er der Superstar – und nicht der ängstliche, an sich zweifelnde Junge Nicky.

Nach dem letzten Takt toste begeisterter Applaus los.

Teddybären und rote Rosen flogen auf die Bühne.

Nicky wischte sich seine blonde Haartolle aus der Stirn.

Verneigte sich.

Richtete sich wieder auf.

«Danke!», hauchte er ins Mikrofon, noch ganz außer Atem vom Tanzen. «Danke, danke, danke!»

Der Applaus brauste noch lauter auf.

Nicky warf Kusshände und winkte ins Publikum.

Die Menge wollte gar nicht mehr aufhören zu klatschen.

Nicky strahlte glücklich.

Er hatte es geschafft.

Er hatte es tatsächlich geschafft.

Er war bereit.

Bereit, die *Voice of Europe* zu werden.

Nach Nickys Abgang kam Rocky zu Debora. «Super Auftritt, was?»

Debora nickte. «Ja, Nicky hat das toll hingekriegt.»

«Mega!», rief Raffi. «Das war echt spitze!»

«Jetzt bin ich auf Rado gespannt», meinte Simon und verfolgte aufmerksam, wie die Bühne für Rados Auftritt umgebaut wurde.

Raffi streckte Debora die Hand hin. «Darf ich mal dein Handy?»

«Warum denn?» Debora runzelte die Stirn, doch sie holte ihr Telefon heraus und gab es ihrer Schwester.

Die Kleine klickte sich zu den Fotos durch. Dann zeigte sie stolz ihr Selfie mit Rado. «Ein Bild hab ich schon mal von ihm, jetzt brauch ich nur noch ein Autogramm!»

Rocky schmunzelte. «Das kann ich dir sicher besorgen.»

Dann wandte sie sich zurück an Debora. «Ich würde dich gerne wiedersehen, du bist nämlich mein Vorbild geworden.»

«Was? Dein Vorbild?»

«Ja, denn du bist einfach du.»

«Ich versuch's jedenfalls», sagte Debora. «Mein Ziel ist es, mich zu mögen, genau so, wie ich bin. Zu mir zu stehen und zu dem, was ich gut finde. Mich gibt's nur einmal – nur ich kann ich selbst sein.»

STAFF

Rocky nickte. «Das versuche ich auch. Ich melde mich zur Therapie an, ich will aus der Sucht rauskommen. Ich will miterleben, wie Nicky auf Tournee geht, und an seiner Seite die coolsten Städte Europas besuchen – Amsterdam, Köln, Zürich ...»

«Das klingt ja super!», strahlte Debora. «Am liebsten wär ich mit dabei!»

«Dann kommt doch mit!», sagte Rocky. «Alle drei!»

«Echt?» Simons Augen leuchteten. «Da sind wir natürlich gern dabei.»

«Cool!», rief Raffi und machte einen Luftsprung. «Das ist ja klasse, Mann!»

ENDE

Simon

Raffaela („Raffi")

Debora („Debbie")

Zwockel

Nicky

Rado

Rocky

Mirko

HAT DIR DAS BUCH GEFALLEN?

SCHREIBE UNS!

Wir freuen uns immer riesig über Post von Leserinnen und Lesern! Wenn Dir die Kaminski-Kids gefallen oder wenn Du einen Vorschlag, eine Frage oder sonst eine Rückmeldung hast, dann zögere nicht, uns zu schreiben! Sende uns Deine Zeilen

PER E-MAIL AN

fanclub@kaminski-kids.com

ODER AN

Die Kaminski-Kids
c/o Fontis-Verlag Basel
Steinentorstr. 23
CH-4010 Basel

Wir freuen uns, von dir zu hören!

MITMACHEN UND GEWINNEN!

Das Neuste über die Kids erfahren und bei den Gewinnspielen mitmachen:

Fordere den kostenlosen **E-Mail-Infobrief** der Kaminski-Kids an! Das geht ganz einfach unter:

WWW.KAMINSKI-KIDS.COM

Hier kannst Du auch die Kaminski-Kids besuchen und nachschauen, was die Kids über sich selbst erzählen! Auf unserer Webseite gibt's zudem viele **Infos für Vorträge und Referate**, über die Storys, andere Fans und natürlich über den Kaminski-Kids-Autor und seine Kinder, die beim Schreiben der Bücher mithelfen!

Besuche uns Kids auf unserer Webseite!

Stehst Du uns bei allen Fällen zur Seite? Das wäre super.

WIR ZÄHLEN AUF DICH!

Die Kaminski-Kids

Die Kaminski-Kids

Name: Simon Kaminski
Haarfarbe: Blond
Augenfarbe: Grünbraun
Hobbys: Fußball spielen, im Wald herumstrolchen, Bike fahren, Snowboarden
Lieblingsessen: Hühnchen mit Pommes
Liebstes Schulfach: Sport

Name: Debora Kaminski
Haarfarbe: Blond
Augenfarbe: Braun
Hobbys: Pferde (vor allem mein Pflegepferd Fanny), Lesen
Lieblingsessen: Pommes
Liebstes Schulfach: Musik

Name: Raffi Kaminski
Haarfarbe: Braun
Augenfarbe: Braun
Hobbys: Verstecken und Fangen spielen, Gitarre spielen – und natürlich unser Hund Zwockel
Lieblingsessen: Pizza Hawaii (mit viel Ananas!)
Liebstes Schulfach: Malen

Name: Zwockel (Mischung aus Jockel und Zwerg)
Haarfarbe: Braunes, wuscheliges Fell
Augenfarbe: Braun
Erkennungsmerkmal: Weißer Fleck auf der Stirn
Lieblingsessen: Hundekekse
Eigenschaften: Gute Spürnase, die Kids können sich immer auf ihn verlassen – auch wenn's mal wieder ganz schön brenzlig wird!

KAMINSKI-KIDS

DIE BÜCHER

Kennst du schon alle unsere Abenteuer?

DIE KAMINSKI-KIDS FÄLLE

DIE KURZVERSION

Kurz. Packend. Zum Mitmachen.
Mit Rätseln, Suchbildern und vielem mehr.
Lass Dich überraschen!

100 Seiten. Hochspannung!

«Durch die Kaminski-Kids werden sogar Lesemuffel zu Leseratten!» Schweizer Illustrierte, Zürich

«Da werden Sie Ihren Kindern die Glühbirne aus der Nachttischlampe drehen müssen …» Neues Leben, Berlin

Bestell-Nr. 204081 / ISBN 978-3-03848-081-5

DIE KAMINSKI-KIDS

„Live"

DER AUTOR STEHT GERNE FÜR LESUNGEN
ZUR VERFÜGUNG

**ABWECHSLUNGSREICHE, SPANNENDE LESUNGEN
MIT VIDEOS, FRAGERUNDE UND ÜBERRASCHUNGEN!
VOR ORT ODER ONLINE.**

In Schulen, Bibliotheken, Buchhandlungen …

Lesungen und Schreibworkshops für 1.-6. Klasse mit den Kaminski-Kids und für Oberstufe mit «Paradise Valley». Carlo Meier wurde bislang zu Lesungen vor rund 100000 Besuchern und in weit über 2000 Schulklassen von Hamburg bis Gstaad eingeladen.

INFOS AUF WWW.KAMINSKI-KIDS.COM

KAMINSKI-KIDS

WEIHNACHTS-FALL N° 1

Das große Weihnachts-Musical droht ins Wasser zu fallen – die Aula wurde zerstört. Wer steckt dahinter? Der Verdacht fällt auf den Pflegejungen der Kaminskis. Werden es die Kids im Lichterglanz des weihnachtlich verschneiten Dorfes schaffen, seine Unschuld zu beweisen und den wahren Täter zu finden?

Bestell-Nr. 204184 / ISBN 978-3-03848-184-3

WEIHNACHTS-FALL N° 2

Die Kids machen bei einer Hilfsaktion mit und schnüren Weihnachts-Pakete für Osteuropa. Raffi packt versehentlich etwas ein, das für Opa Kaminski große Bedeutung hat. Aber wo ist das fragliche Päckchen im Moment? Auf dem Weg zum Paketverteilzentrum in der Stadt, zusammen mit hunderttausend anderen Paketen ...

Bestell-Nr. 204065 / ISBN 978-3-03848-065-5

KAMINSKI-KIDS

DIE HÖRSPIELE

Vol. 1: Mega Zoff!

Raffi wird im Schulhof erpresst: Sie soll für einen großen Jungen etwas stehlen, sonst macht er sie fertig. Simon und Debora versuchen ihr aus der Klemme zu helfen. Doch: Hinter der Sache steckt eine ganze Bande.

74 Minuten Hochspannung
CD: ISBN 978-3-7655-8754-2

Vol. 2: Hart auf hart

Die Kids erhalten einen Drohbrief: «Ihr werdet euer Liebstes verlieren!» Tatsächlich verschwindet ihr Hund Zwockel spurlos. Als sich die Kids auf die Suche machen, lockt sie ein unheimlicher Verfolger in eine Falle.

60 Minuten Hochspannung
CD: ISBN 978-3-7655-8755-9

Die Hörspiele gibt es auf
HOCHDEUTSCH UND IN SCHWEIZER MUNDART

Vol. 3: Unter Verdacht
Als die Kids einen Einbruch untersuchen, geraten sie selber unter Verdacht der Polizei. Um in eine Bande aufgenommen zu werden, besteht Debora eine Mutprobe. Die «Banfits» planen eine lebensgefährliche Tat...

62 Minuten Hochspannung
CD: ISBN 978-3-7655-8757-3

Vol. 4: Auf der Flucht
Im verschneiten Ferienort des Snowboard-Camps lernen die Kids Antje und Mark kennen. Die beiden stecken in der Klemme und müssen fliehen. Die Kids stehen ihnen in der Not zur Seite.

61 Minuten Hochspannung
CD: ISBN 978-3-7655-8758-0

Gratis-Ausschnitte
von jedem Hörspiel zum Anhören auf
www.kaminski-kids.com

KAMINSKI-KIDS

DIE HÖRSPIELE

Vol. 5: In der Falle

Die Kids befreunden sich mit den Kindern eines Wanderzirkus. Als im Dorf etwas Wertvolles gestohlen wird, fällt der Verdacht auf die Künstler. Beim Versuch, den wirklichen Täter zu finden, geraten die Kids in eine Falle.

65 Minuten Hochspannung

CD: ISBN 978-3-7655-8759-7

Vol. 6: Auf heißer Spur

Im Nachbarhaus der Kids zieht eine junge Familie ein. Raffi freundet sich mit Nina an, doch bald ist die «Villa Kunterbunt» wieder verlassen. Die Kids kriegen einen Hilferuf: Nina wird gegen ihren Willen festgehalten …

65 Minuten Hochspannung

CD: ISBN 978-3-03848-800-2

Die Hörspiele gibt es auf
HOCHDEUTSCH UND IN SCHWEIZER MUNDART

Vol. 7: Entscheidung im Park
Als Simons bester Freund wegen Drogen Schwierigkeiten bekommt, geraten auch die Kids in Bedrängnis. Die Dealer locken sie zu einem Treffen an einen einsamen Ort – dort kommt es zur Entscheidung im Park.

65 Minuten Hochspannung
CD: ISBN 978-3-03848-816-3

Vol. 9: Unsichtbare Zeugen
Die «Banfits» verwickeln die Kids in eine Prügelei, filmen es mit dem Handy und stellen den Film ins Internet. Simons Freund wird schwer verletzt. Als Verstärkung reisen Antje und Mark an. Doch da lauert schon neue Gefahr.

68 Minuten Hochspannung
CD: ISBN 978-3-03718-569-8

Gratis-Ausschnitte

von jedem Hörspiel zum Anhören auf
www.kaminski-kids.com

KAMINSKI-KIDS

DAS NEUSTE HÖRSPIEL

Vol. 8: Gefahr in Amsterdam

Im Urlaub mit ihren Freunden Antje und Mark kriegen es die Kids mit einer Drogenbande zu tun. Was sie nicht wissen: Die Polizei ist an derselben Bande dran. Und dabei kommen ihr die Kids plötzlich in die Quere.

50 Minuten Hochspannung

CD: ISBN 978-3-03848-822-4

KAMINSKI-KIDS

DIE JUBILÄUMS-BOX

3-CD-Box

Drei mega spannende Abenteuer zum 20-Jahre-Jubiläum der Kaminski-Kids in einer Box zum Superpreis! Über drei Stunden Hörspiel-Spaß für die ganze Familie.

195 Minuten Hochspannung
CD-Box: ISBN 978-3-03848-827-9

Hit zum Superpreis!

VOM GLEICHEN AUTOR

PARADISE VALLEY

MYSTERY-THRILLER

Bis zum nächsten Fall!

WIR ZÄHLEN AUF DICH!

Tschüss, bis bald!

Die Kaminski-Kids

VOICE OF